# 고구마 탐정 수학 ❷
### 피타고라스 절대 악기 도난 사건

**서지원** 글

한양대학교를 졸업하고 〈문학과 비평〉에 소설로 등단해, 지식과 교양을 유쾌한 입담과 기발한 상상력으로 전하는 이야기꾼입니다. 서울시 올해의 책, 원주시 올해의 책, 문화체육관광부와 한국도서관협회가 뽑은 2012 우수문학도서 등에 선정된 책 외에도 여러 작품을 집필했습니다. 《한눈에 쏙 세계사 2: 고대 통일 제국의 등장》《만렙과 슈렉과 스마트폰》《안녕 자두야 역사 실력이 빵 터지는 한국사 퀴즈》 등을 썼고, 〈몹시도 수상쩍은 과학 교실〉〈빨간 내복의 초능력자〉〈고구마 탐정〉 등 다양한 시리즈를 출간했어요.

**이승연** 그림

대학에서 가구 디자인을 공부했어요. 지금은 어린이들이 좋아서 어린이책에 그림을 그리는 일을 하고 있답니다. 그린 책으로《사춘기 대 갱년기》《아이들이 사라지는 학교》《로봇 반장》《비상! 바이러스의 습격》《거인의 나라로 간 좌충우돌 탐정단》〈고구마 탐정〉 시리즈 등이 있어요.

# 고구마 탐정 수학 ❸

## 피타고라스 절대 악기 도난 사건

글 서지원 | 그림 이승연

스푼북

## 작가의 말

　어디선가 달짝지근한 고구마 냄새가 풍기기 시작해요. 고구마 탐정이 추리하는 모양이군요. 이번에는 어떤 사건이 일어난 것일까요?

　아앗! 절대 잡히지 않는다는 전설의 도둑 괴도 팡팡이 다시 나타났대요. 2,500여 년 전에 살았던 위대한 수학자이자 지도자인 피타고라스가 남긴 절대 악기를 괴도 팡팡이 훔쳐 가겠다고 예고장을 보냈어요. 그것뿐이 아니에요! 조선 시대 화가 김홍도가 그린 명화 〈씨름〉은 물론이고, 고대 이집트에서 전해 내려오는 세상의 모든 비밀이 담겨 있다는 《토트의 책》도 훔쳐 가려고 하지요.

　지능 지수가 160인 괴도 팡팡은 수학을 무척이나 잘해요. 그래서 수학을 못 하는 사람들을 깔보면서 문제를 풀지 못하면 보물을 훔쳐 간대요. 하지만 우리에게는 고구마 탐정이 있잖아요?

　첫 번째 대결은 피타고라스의 절대 악기 도난 사건! 그런데 피타고라스는 대체 누구일까요?

　고대 그리스에 수학을 미치도록 좋아하는 수학자가 있었어요. 밥 먹고 잠자는 시간 외에는 수학만 연구했고, 급기야 "세상의 모든 것은 수로 이루어졌다."라는 주장을 펼쳤지요. 피타고라스는 수학을 종교처럼 믿었어요. 또 세상 모든 것을 수학으로 증명하려 했지요. 단순히 수학 문제를 풀기 위해서가 아니라 우주의 비밀을 풀고, 세상의 진리를 알기 위해 수학을 연구

한 거예요.

    수학은 세상의 진리, 우주의 비밀을 파악하게 해 주는 중요한 공부예요. 수학은 우리가 논리적인 생각을 할 수 있도록 도와주고, 논리적인 생각은 우주의 조화를 알게 해 주거든요. 어리석은 사람도 수학을 배우면 지혜롭고 현명한 사람이 된답니다. 예를 들어 도박하는 게 얼마나 어리석은 짓인지, 수학을 배우면 금세 깨닫게 되지요.

    피타고라스의 악기, 김홍도의 그림, 호루스의 벽화에는 공통점이 있어요. 모두 예술품이라는 거예요. 도대체 수학은 음악이나 그림 같은 예술과 어떤 관계가 있을까요? 이야기를 읽다 보면 자연스럽게 수학과 예술의 관계에 대해 알게 될 거예요.

    자, 지금부터 전설의 도둑 괴도 팡팡이 그림과 악기를 훔쳐 가지 못하도록 두뇌 대결을 해 볼까요? 지레 겁먹진 마세요. 고구마 탐정이 여러분을 도와줄 테니까요.

여러분의 친구이자 명탐정 X
서 지 원

## 인물 소개

### 고구마 탐정

경찰도 해결하지 못하는 어려운 사건을 기막힌 추리력으로 척척 풀어내는 명탐정. 생각을 오래 하면 머리에서 열이 나고 노릇노릇 고구마 굽는 냄새가 진동을 한다. 어디선가 꿀꺽 침이 넘어갈 정도로 맛있는 냄새가 난다면 고구마 탐정이 사건을 해결하고 있는 것!

### 알파독

강아지의 모습을 한 인공 지능 로봇. 초정밀 스캐너가 달린 눈, 냄새 탐지기가 달린 코, 초음파까지 들을 수 있는 소리 탐지기가 달린 귀로 고구마 탐정을 돕는다.

### 나뚱뚱 경감

날마다 다이어트를 외치지만 먹는 걸 너무 좋아해서 다이어트는 언제나 내일부터! 사건이 해결되지 않을 때면 고구마 탐정을 찾아가 도움을 청한다.

### 오동통 형사

나뚱뚱 경감의 사촌 동생으로 별명은 미니버거. 비듬 마을에 살고 있는데 사건을 해결하러 가서 해결은커녕, 사고만 치고 오는 사고뭉치다.

## 차 례

**미스터리 사건 파일 #1**
### 피타고라스 절대 악기 도난 사건
**8**

**미스터리 사건 파일 #2**
### 그림 속에 감춰진 마법의 사각형
**56**

**미스터리 사건 파일 #3**
### 잃어버린 호루스의 눈을 찾아라!
**98**

미스터리 사건 파일 #1

# 피타고라스 절대 악기 도난 사건

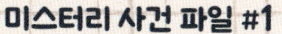
추리 열쇠
황금비와 정오각형

조금만 더······.

부들부들

교과 연계
6학년 1학기 4. 비와 비율

"우후훗~."

기분 좋은 콧노래와 함께 달콤한 고구마 냄새가 풍겨요. 고구마 탐정이 심각하게 추리하는 중이냐고요? 아니에요, 고구마탕을 요리하고 있답니다.

고구마를 먹기 좋게 타닥타닥 잘라 기름에 튀기고 설탕 한 스푼, 물엿 두 스푼을 넣어 살살 볶으면 쫀득쫀득 바삭바삭 맛있는 고구마탕이 완성되지요.

"내 머리는 짱구, 생김새는 울퉁불퉁. 멋지진 않지만 나를 찾는 사람들은 많지. 경찰이 해결 못 하는 기묘한 사건들, 나는 단번에 해결할 수 있지! 나는야 달콤 달콤 고구마 냄새가 나는 고구마 탐정."

고구마 탐정은 기분 좋게 노래를 불렀어요. 눈치 빠른 알파독이 접시를 물고 왔지요.

고구마 탐정의 조수 알파독은 털이 눈처럼 하얀 작고 귀여운 강아지예요. 하지만 알파독은 지능 지수 1,008인 인공 지능 로봇이지요. 몸 곳곳에 범인 추적용 스마트 장치가 21가지나 숨겨져 있답니다.

고구마 탐정이 알파독과 살게 된 데에는 슬픈 사연이 있어요.

고구마 탐정이 초등학생일 때, 문제를 풀려고 고민하면 진땀을 흘렸어요. 그런데 그 진땀에서 달콤한 군고구마 냄새가 풍겼답니다. 이 증상을 고치려고 고구마 탐정의 부모님은 좋다는 약, 용하다는 병원은 다 찾아다녔지만 원인을 알아내지 못했어요.

맛있는 냄새가 나는 고구마 탐정은 늘 주변 사람들을 군침 흘리게 했어요. 그래서 동네 개들에게도 인기가 좋았지요. 고구마 탐정이 나타나면 동네 개들이 핥으려고 쫓아오는 바람에 고구마 탐정의 얼굴은 항상 침 범벅이었답니다.

"알파독, 난 네가 로봇 개라서 정말 좋아. 군고구마 냄새가 나더라도 날 핥으려고 하지 않잖아. 그런데 네 주인은 왜 널 찾지 않는 거지?"

고구마 탐정이 알파독을 처음 만난 날, 알파독은 망가

진 채 거리에 버려져 있었어요. 고구마 탐정은 알파독을 치료, 아니, 수리해 줬지요. 그 후로 쭉 같이 살았어요.

　고구마 탐정이 이 일을 시작한 지 어언 9년하고도 7개월. 지금까지 97건의 사건 의뢰가 들어왔고, 96건의 사건을 해결했답니다. 하지만 안타깝게도 단 하나, 해결하지 못한 사건이 있어요.

　그 사건의 범인은 바로 '괴도 팡팡'. 자유자재로 나타나고 연기처럼 사라져서 아무도 얼굴을 본 적이 없어요.

세상의 모든 도둑과 악당이 고구마 탐정이란 이름을 들으면 벌벌 떨지만, 괴도 팡팡은 달라요. 범죄 현장에 괴도 쿠키를 남기고 유유히 사라지지요.

"괴도 쿠키라니! 꼭 날 비웃는 것 같단 말이야. 언젠간 반드시 내 손으로 잡고 말 거야!"

바사삭, 고구마 탐정은 고구마탕을 힘껏 씹었어요.

오늘은 토요일 밤, 한 달 만에 휴일을 얻은 오동통 형사와 나뚱뚱 경감이 탐정 사무소로 놀러 왔어요.

"채소 컴 온 웨이크 업!"

텔레비전에 아이돌 그룹이 나와 반짝거리는 조명을 받으며 멋진 춤을 췄어요. 3년 만에 신곡으로 돌아온 '채소 시대'였지요. 당근, 호박, 배추, 시금치, 순무 그리고 깻잎으로 이루어진 6인조 걸그룹이에요.

"골라 먹지 말고, 랄랄라, 너에게 필요한 건 채소 컴 온 웨이크 업!"

오동통 형사와 나뚱뚱 경감은 엉덩이를 흔들고 익살스

러운 표정을 지으며 채소 시대의 춤을 따라 췄어요. 어찌나 잘 추는지 두 사람은 박자가 착착 맞아떨어졌어요.

나뚱뚱 경감은 사랑에 빠진 듯 황홀한 표정을 지으며 말했어요.

"내가 보기엔 메인 보컬 당근이 제일 매력 있어. 노래도 정말 잘하고 말이야."

그러자 평소에 큰소리 한번 낸 적 없는 오동통 형사가

표정을 바꾸며 버럭 화를 내는 게 아니겠어요?

"무슨 소리예요! 매력으로 이야기하자면 래퍼 시금치가 제일이죠! 랩도 잘하고 얼굴에 비타민 풍부한 것 좀 보세요. 보기만 해도 기운이 솟구치고 건강해지는 기분이 들지 않아요?"

"허, 어이가 없네. 동생, 아니, 오 형사. 누가 뭐래도 당근이 최고야!"

"형님, 아니 경감님, 시금치가 최고라는 건 누구도 부정할 수 없는 사실이에요!"

사이좋게 춤을 추다 말고 둘은 별안간 서로 배를 부딪치며 다투었어요. 그러다 둘의 눈이 고구마 탐정을 향했지요. 보나 마나 판결을 내달라는 뜻이었어요.

"제 눈에는 순무가 제일······."

"관둬!"

"맞아요! 고구마 탐정님은 아름다움을 볼 줄 몰라요!"

참 난처한 상황이었어요. 달콤한 진땀이 흐를 정도였지요. 고구마 탐정은 알파독에게 도움을 청했어요.

고구마 탐정이 부르자 충전 중이던 알파독의 눈에 불빛이 반짝 들어왔어요. 알파독은 텔레비전 케이블을 뽑아 자기 엉덩이에 꽂았어요. 그러자 텔레비전 화면에 여러 개의 사각형이 나타났지요. 알파독이 말했어요.

　"매력이야 사람마다 느끼는 게 다르니 우열을 가릴 수 없다고 해도, 누구의 얼굴이 수학적으로 더 좋은 비율을 갖고 있는지는 가릴 수 있어. 여기에서 가장 마음에 드는 사각형을 골라 봐."

　"사각형이랑 얼굴이 무슨 관계지?"

　고구마 탐정과 나뚱뚱 경감, 오동통 형사는 어리둥절한 표정으로 잠시 서로를 바라보고는 알파독이 시키는 대로 15개의 사각형을 살펴봤어요.

　"흠, 나는 8번이 마음에 들어. 이유는 모르겠지만 왠지 익숙한 느낌이야."

　고구마 탐정이 말하자 나뚱뚱 경감과 오동통 형사도 고개를 끄덕였지요.

나도 그래. 8번 사각형은 균형이 잡혀 있는 걸.

저도요. 다른 사각형들은 너무 길어서 넘어질 것 같거나 납작 눌린 느낌인데, 8번 사각형은 안정감이 있어요.

그러자 8번 사각형이 황금빛으로 변하더니 반짝거렸어요. 알파독이 말했어요.

"8번 사각형은 황금 사각형이라고 불려."

알파독은 8번 사각형이 황금 사각형인 이유를 설명해 주었어요.

황금 사각형이란 '황금비를 이루는 사각형'이란 뜻이에요. 사람들은 황금비로 이루어진 물건을 봤을 때 가장 편안한 느낌을 받는다고 해요.

"8번 사각형은 가로와 세로의 비가 황금비인 직사각형이야. 그래서 완전 사각형이라고도 하지."

나뚱뚱 경감이 고구마 탐정의 귀에 대고 속삭였어요.

"알파독을 업그레이드했어? 더 똑똑해진 것 같아."

알파독은 텔레비전 화면으로 신기한 얼굴을 보여 주었어요. 선분으로 그려진 디지털 얼굴 지도였지요.

디지털 얼굴 지도에 당근의 얼굴과 시금치의 얼굴이 차례대로 겹쳤어요.

"인공 지능으로 당근의 얼굴을 분석했을 때 황금비와 86% 일치해. 특히 코와 입술은 황금비와 66.7% 일치하는 것으로 확인됐지. 시금치는 황금비와 85.9% 일치해. 당근과 거의 비슷하달까."

당근

시금치

"수학적으로도 두 사람은 우열을 가릴 수가 없네요. 누군가의 눈에는 세상에서 가장 아름다운 사람으로 보여도, 다른 누군가에게는 평범한 사람으로 여겨질 수도 있는 거 아니겠습니까?"

고구마 탐정의 말에 나풍뚱 경감과 오동통 형사는 머쓱해서 웃고 말았어요.

"알파독, 혹시 우리 얼굴도 분석해 줄 수 있어?"

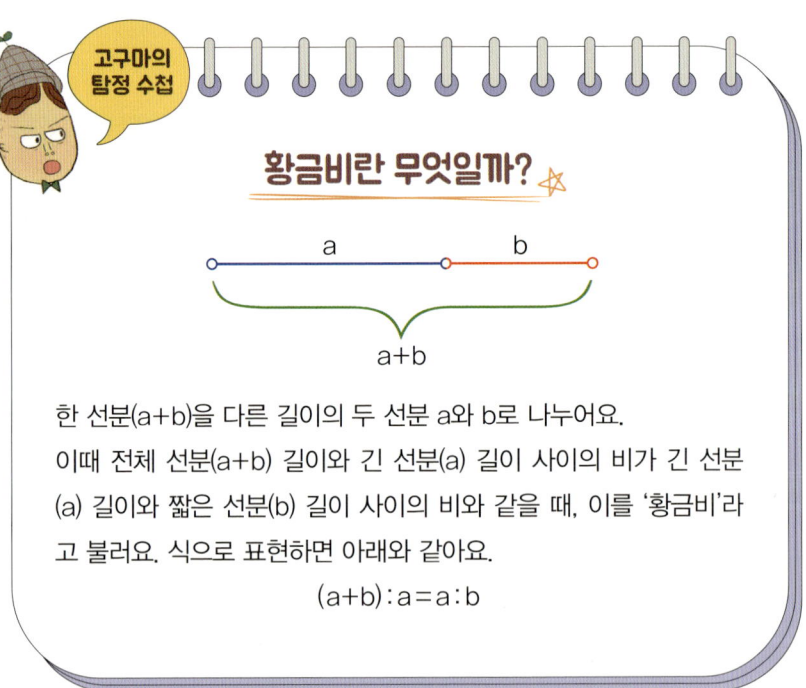

### 황금비란 무엇일까?

한 선분(a+b)을 다른 길이의 두 선분 a와 b로 나누어요. 이때 전체 선분(a+b) 길이와 긴 선분(a) 길이 사이의 비가 긴 선분(a) 길이와 짧은 선분(b) 길이 사이의 비와 같을 때, 이를 '황금비'라고 불러요. 식으로 표현하면 아래와 같아요.

$$(a+b) : a = a : b$$

고구마 탐정이 물었어요. 알파독의 눈에서 빛이 나오며 오동통 형사와 나뚱뚱 경감, 고구마 탐정의 얼굴을 차례대로 스캔했어요.

"형사 오동통, 황금비 일치율 12.1%."

나뚱뚱 경감은 "푸하하!" 웃음을 터트렸고, 오동통 형사의 얼굴이 빨갛게 달아올랐어요.

"경감 나뚱뚱, 황금비 일치율 11.8%."

이번엔 오동통 형사가 "으하하하!" 배를 잡고 웃었고, 나뚱뚱 경감은 울상을 지었지요.

"탐정 고구마, 황금비 일치율……, 사람이 아니라 고구마와 더 일치."

나뚱뚱 경감과 오동통 형사는 웃음을 멈추고 진땀 흘리는 고구마 탐정의 눈치를 살폈어요.

"황금비가 형사와 탐정에게 무슨 의미가 있겠어요? 범인을 얼굴로 잡는 것도 아니고."

"맞아. 우리는 범인만 잘 잡으면 돼. 고구마가 얼마나 좋아. 군고구마 냄새로 범인을 끌어들일 수도 있고."

오동통 형사와 나뚱뚱 경감의 말은 고구마 탐정에게 위로가 되지 않았어요. 고구마 탐정이 말없이 시무룩하게 있자, 오동통 형사는 이럴 때는 아주 매운 떡볶이를 먹어야 한다면서 휴대 전화로 배달 주문을 했어요.

번쩍, 콰르르 쾅쾅!

갑자기 번개가 치고 천둥이 울리더니 먹구름이 몰려와 한낮인데도 순식간에 어둑어둑해졌어요.

"왠지 으스스해지는데? 무서운 사건이 터져도 이상할 게 없는 날씨로군."

고구마 탐정은 창밖을 살폈어요.

그때였어요.

"으아악!"

주방에서 비명이 울렸어요. 오동통 형사의 목소리였지요. 고구마 탐정과 알파독이 달려갔어요.

다시 번쩍, 번개가 쳤어요. 유령일까요? 주방에 얼굴은 보이지 않는, 머리끝부터 발끝까지 검은 누군가가 그림자처럼 서 있었어요. 검은 유령은 핏물을, 아니, 빗물을 뚝뚝 흘리며 다가왔어요.

"여기가 고구마 탐정 사무소입니까?"

"마, 맞습니다만, 떡볶이 배달 오셨나요?"

오동통 형사가 떨리는 손으로 지갑을 꺼내다가 바닥에 떨어뜨렸어요. 고구마 탐정은 우비를 꺼내 입으면서 차분한 목소리로 말했어요.

"떡볶이는 다음에 먹어야겠습니다. 비밀스러운 사건을 의뢰하러 오셨군요. 수학이 얽힌 문제이며, 매우 급해서 당장 출동해야 할 사건이겠고요."

"아니, 그걸 어떻게 아셨습니까?"

검은 유령이 놀란 목소리로 물었어요.

"현관으로 들어오면 정체가 들킬 것 같으니 주방 창문

으로 들어오신 거겠지요. 옷을 보니 수학 관련 비밀 단체에서 왔다는 것을 유추할 수 있고요. 폭풍우가 치는 토요일 밤에 찾아오신 걸 보면 당장 해결하지 않으면 안 될 긴급한 사건일 테고요."

그리고 보니 검은 유령이 입은 옷에는 0부터 9까지의 수와 덧셈, 뺄셈, 곱셈, 나눗셈 같은 기호, 삼각형, 사각형, 원 모양의 도형 등이 그려져 있었어요.

"놀라게 해서 죄송합니다. 탐정님 말씀대로 정말 급한 일이어서요. 저와 같이 가 주시겠어요?"

고구마 탐정과 나뚱뚱 경감, 오동통 형사와 알파독은 비밀 문을 통해 골목으로 나온 뒤, 다 같이 검은 유령의 자동차에 올라탔어요.

"죄송합니다. 목적지로 가는 길은 비밀이라 알려드릴 수 없습니다."

검은 유령은 고구마 탐정 일행에게 검은 안대를 내밀며 눈을 가려 달라고 했어요.

쿠르르릉 쾅쾅! 번쩍! 번쩍!

엄청난 폭우가 쏟아졌어요. 자동차는 폭풍우를 뚫고 빠른 속도로 도시를 벗어나 꼬불꼬불한 벼랑길을 단숨에 지나쳤어요. 안대로 눈을 가렸지만 고구마 탐정은 검은 유령의 운전 실력이 매우 뛰어나다는 걸 알 수 있었어요.

"도착했습니다. 안대를 벗어도 좋습니다."

"앗! 이런 산속에 성이 있었다니!"

거대한 벽으로 에워싼 성이 눈앞에 나타났어요. 외부

사람은 들어올 수 없도록 감시 카메라와 대낮같이 밝은 조명으로 삼엄하게 경계하고 있었지요.

드르륵 쿵. 성문이 열리고 자동차가 성안으로 들어갔어요.

고구마 탐정 일행은 검은 유령의 안내를 받아 성당처럼 생긴 높다란 건물로 들어갔어요. 그 건물은 이상하게도 지붕도, 창문도, 문도, 벽돌 한 장 한 장까지도 모든 게 오각형이었어요.

촛불이 흔들리는 어두운 건물 안에 수백 명은 족히 되어 보이는 사람들이 무릎을 꿇고 있었어요. 매우 엄숙하고 진지한 분위기였지요. 모두 검은 유령과 똑같은 옷을 입고 나직한 목소리로 중얼거리고 있었는데, 자세히 들어보니 곱셈 구구를 외우는 중이었어요.

검은 유령이 복면을 벗자, 긴 생머리의 여성이 모습을 드러냈어요. 생머리 여성은 고구마 탐정 일행에게 정식으로 정중하게 인사했어요.

"친절하게 초대하지 못한 점 사과드립니다. 제 이름은

수학해입니다. 우리는 피타고라스파입니다. 고대 그리스 수학자인 피타고라스 님을 모시는 비밀 단체지요."

"피타고라스파라고요?"

고구마 탐정은 깜짝 놀랐어요. 피타고라스파는 지금으로부터 2,500여 년 전에 피타고라스가 만든 단체로 알려져 있어요. 그러니까 피타고라스파는 무려 2,500여 년 동안 비밀리에 이어져 내려온 거였어요.

단상 위에 있던 한 남자가 고구마 탐정 일행에게 다가왔어요. 그 남자에게서 범상치 않은 기운이 느껴졌지요.

수학해가 그 남자를 소개했어요.

"이분은 피타고라스파를 이끄는 87대 지도자 어절수 님이십니다."

어절수는 지도자답게 근엄한 목소리로 말했어요.

"어절수는 '어쩌라고 집에 가서 수학 공부나 해'라는 뜻입니다. 저는 목숨보다 수학을 더 사랑하거든요."

피타고라스파는 세상 모든 것의 원리는 '수'라고 말한 피타고라스의 가르침을 받들어 수학을 종교로 믿는 비밀

단체라고 했어요. 피타고라스 성에 모여서 평생 수학만 공부하면서 사는 사람들이었지요.

"지도자에 적합한 두 분이 계셨지만 부득이한 사정으로 부족한 제가 지도자가 되었습니다."

어절수가 겸손한 표정으로 말했어요.

"부득이한 사정이요?"

"한 분은 밥 먹는 것을 잊어버린 채 굶어 가며 수학만 연구하다 세상을 떠나셨습니다. 다른 한 분은 화장실 가는 걸 잊고 수학 계산만 하다 그만 세상을 등지셨고요. 그래서 제가 지도자가 된 것입니다."

수학해는 고구마 탐정을 부른 이유를 설명했어요.

피타고라스 성에는 2,500년 전부터 전해 내려오는 절대 악기가 있습니다. 절대 음을 내는 악기로, 피타고라스 님이 분수를 이용해 만들었습니다. 그런데 몇 시간 전에 피타고라스의 절대 악기를 누군가 훔쳐 갔습니다. 우리 파의 신성한 보물 1호를 말입니다.

저런!

어절수는 상자에 든 종이 한 장과 과자를 꺼냈어요.

"절대 악기가 담겨 있던 상자에 이 종이와 과자 한 개가 남겨져 있었습니다."

종이에는 짧은 시 한 편이 쓰여 있었어요.

> 별이 아름다운 이유를 아는 당신,
> 가장 큰 별이 떨어진 그곳에
> 우주에서 가장 아름다운 음악이 흐른다.

"이건……, 괴도 팡팡의 쿠키잖아?"

나뚱뚱 경감이 몸을 부르르 떨었어요. 절대 잡히지 않는다는 전설의 도둑, 괴도 팡팡. 최근 들어 행방이 묘연해 완전히 사라진 줄 알았는데, 다시 나타난 거예요. 오동통 형사는 괴도 쿠키를 관찰하다 말고 군침을 꿀꺽 삼키며 자기도 모르게 입을 벌렸어요. 정신이 몽롱해질 정도로 너무나 맛있는 냄새가 풍겼거든요.

알파독이 오동통 형사의 바짓단을 물어 당기자, 그제야 오동통 형사는 정신을 차렸어요.

"이 시는 괴도 팡팡이 남긴 수수께끼일 것입니다. 예전에도 이런 식으로 범죄 현장에 수수께끼와 쿠키를 남겨 두곤 했거든요."

고구마 탐정은 시가 적힌 종이를 불빛에 비춰 보았어요. 그러자 안 보이던 글이 나타났어요.

밤 12시까지 절대 악기를 찾지 못하면
피타고라스 성은 폭탄과 함께 세상에서 사라질 것이다.
- 괴도 팡팡 -

"12시라면 남은 시간이 2시간 15분밖에 없습니다. 이 안에 수수께끼를 풀지 못하면 폭탄이 터질 거예요!"

고구마 탐정의 말에 모두 화들짝 놀랐어요. 나뚱뚱 경감이 어절수에게 물었어요.

"수학을 받들 정도라면 수학을 엄청나게 잘하시겠지요? 이 정도 수수께끼는 가볍게 풀 수 있지 않습니까?"

"흠흠. 그게 그러니까……."

어절수는 난처한 얼굴로 입을 열었어요.

우리는 수학을 죽을 만큼 사랑하는 사람들이지, 수학을 잘하는 사람들이 아닙니다. 수학을 좋아한다고 꼭 수학을 잘하는 건 아니지요.

이해합니다. 나뚱뚱 경감님이 치킨을 좋아하지만 치킨 만드는 법에 대해서는 아예 모르시는 것처럼요. 좋아하는 것과 잘하는 건 다른 거니까요.

나뚱뚱 경감은 고개를 끄덕였고, 오동통 형사는 눈동

자가 풀린 채 뭔가를 씹고 있었어요.

"솔직하게 말씀드리면, 저는 수학을 못합니다. 하지만, 수학을 공부하면 시간이 가는 줄 모르고 빠져들지요. 평생 수학 공부만 해도 행복할 것 같습니다. 수학을 못한다는 건 부끄러운 일이 아닙니다. 수학을 싫어하는 게 부끄러운 거지요."

어절수의 목소리는 간절했어요. 고구마 탐정의 눈이 오동통 형사의 오물거리는 입을 향했어요.

"지금 입에 있는 게 괴도 쿠키인가요?"

"아앗, 벌써 목구멍을 넘어가 버렸어요."

"범죄 증거를 먹어 버리다니! 정신이 있는 거야?"

나뚱뚱 경감이 화를 내자 고구마 탐정이 말렸어요.

"어쩔 수 없어요. 괴도 팡팡은 쿠키의 냄새를 못 참게 해서 증거가 자연스럽게 사라지도록 만들거든요."

그때 어절수와 수학해는 큼큼 냄새를 맡았어요. 어디선가 달짝지근한 고구마 냄새가 풍기기 시작했거든요.

고구마 탐정은 강당을 둘러보며 생각에 잠겼어요. 피

타고라스파의 신자들은 강당 중앙에 걸린 커다란 오각형을 향해 절을 올리고 있었지요.

"왜 오각형에 절을 하는 건가요?"

"오각형은 피타고라스파의 상징입니다. 피타고라스 님은 오각형을 가장 아름다운 도형이라고 하셨지요."

고구마 탐정의 질문에 어절수가 대답했어요.

"세상에 도형은 많고 많은데 왜 유독 오각형을 가장 아름답다고 한 걸까요?"

"저희도 그 깊은 뜻은 아직 모릅니다. 아까 말씀드렸지만, 저희는 수학을 좋아할 뿐 잘하지는 못……."

"괴도 팡팡이 훔쳐 간 피타고라스의 절대 악기는 어떤 것인가요?"

"작은 현악기인 리라입니다. 고대 그리스의 음악가 오르페우스가 리라를 연주하면 아름다운 그 소리에 폭풍이 가라앉고, 화가 나 날뛰는 인간도 얌전해졌다고 하지요. 피타고라스 님은 분수를 이용해 절대 음을 만들었고, 그 절대 음을 낼 수 있는 리라를 만들었습니다."

번쩍, 쾅! 째깍, 째깍, 째깍…….

번개가 치고 천둥이 울렸어요. 벽시계의 바늘은 빠르게 흘러 어느새 10시 40분이 되었지요. 12시까지 1시간 20분밖에 남지 않았어요.

"별이 아름다운 이유를 아는 당신, 가장 큰 별이 떨어진 그곳에 우주에서 가장 아름다운 음악이 흐른다……."

고구마 탐정은 괴도 팡팡이 쓴 시를 여러 차례 읽었지만 수수께끼를 풀지 못했어요. 진땀은 계속 흘러내렸고, 군고구마 냄새는 넓은 강당을 가득 채웠어요.

나뚱뚱 경감은 초조한 표정으로 말했어요.

"고구마 탐정, 이대로라면 폭탄이 터질 거야."

"어절수 씨, 수학해 씨. 신자들과 함께 안전한 곳으로 대피하도록 하세요."

오동통 형사의 말에 어절수는 고개를 저었어요.

"제가 혼자 성을 지킬 테니 모두 떠나라고 말했지만, 아무도 떠나려고 하지 않습니다. 수학을 위해 목숨을 바치겠다면서요."

피타고라스파 신자들은 고개를 숙인 채 간절한 목소리로 다 함께 기도했어요.

"이이는 사, 이삼은 육, 이사 팔, 이오 십, 이육 십이……."

고구마 탐정은 초조한 얼굴로 왔다갔다하며 추리했어요. 고구마 냄새가 점점 더 진하게 진동했지요.

어절수는 오각형을 향해 절한 다음 신자들에게 소리쳤어요.

"세상에서 가장 아름다운 도형이 정오각형이라는 걸 믿습니까?"

"믿습니다!"

신자들이 두 손을 들고 외쳤어요.

"내일 지구가 멸망해도 오늘 수학을 공부하겠습니까?"

"공부하겠습니다!"

신자들은 오각형을 바라보며 간곡하게 기도했어요.

나뚱뚱 경감은 어디론가 전화를 한 후 달려왔어요.

"폭탄 탐지반에 연락해서 빨리 출동해 달라고 요청했네. 폭풍우가 심하지만, 이곳까지 50분이면 올 걸세."

그 얘기를 들은 오동통 형사가 두 손으로 머리를 감싸며 털썩 주저앉았어요.

"맙소사! 50분 후라면 12시가 넘은 시각이잖아요. 이럴 줄 알았으면 떡볶이를 먹으며 채소 시대나 보고 있을걸! 황금비 시금치 씨를 죽기 전에 단 한 번이라도 만나 봤으면!"

"황금비!"

갑자기 고구마 탐정이 의자에서 벌떡 일어났어요.

"왜 그래? 다리가 저려? 코에 침 묻혀 줄까?"

나뚱뚱 경감이 물었어요.

"바로 그거예요!"

"지금이라도 집에 가자고? 채소 시대 보러?"

고구마 탐정은 종이 한 장을 펼쳐 정오각형을 그리기

시작했어요.

"오, 고구마 탐정님도 우리 피타고라스파를 믿게 되셨습니까?"

"어절수 씨, 피타고라스는 세상에서 가장 아름다운 도형이 정오각형이라고 했다지요? 그 이유는 바로 정오각형이 별을 품고 있기 때문입니다."

알파독이 고구마 탐정이 그린 그림을 스캔해서 강당 벽에 비췄어요. 사람들의 시선이 모두 강당 벽으로 모아졌지요. 어두운 벽 한쪽에 거대한 오각형 속 숨겨진 별이 드러났어요.

"오각형은 별을 품고, 별은 다시 오각형을 품고, 오각형은 다시 별을, 별은 다시 오각형을 품으면서 무한대로 반복됩니다."

"오! 피타고라스 님은 이 메시지를 우리에게 전하고 싶었던 것입니다. 수학이 세상을 구원할 것입니다!"

"오각형이 세상에서 가장 아름다운 도형인 이유는, 황금비로 만들어졌기 때문입니다. 오각형 속 별 역시 황금

비로 만들어진 별이지요! 세상에서 가장 아름다운 비율인 황금비로 이루어졌기에 오각형이 세상에서 가장 아름다운 도형이 되는 것이랍니다."

 고구마 탐정은 눈을 반짝거리며 괴도 팡팡의 시를 다시 읽었어요.

"폭탄은 오각형 속에 절대 악기와 함께 있을 것입니다. 피타고라스 성 전체에서 오각형을 찾으세요! 어서요! 시간이 없습니다!"

째깍, 째깍, 째깍, 이제 폭탄이 터질 때까지 35분밖에 남지 않았어요. 수백 명의 신자가 강당에서 달려 나가 폭풍우 속에서 오각형을 찾기 시작했어요.

그러나 오각형 모양의 창문과 문, 오각형 모양의 건물, 오각형 모양의 보도블록, 오각형 모양의 가구와 장식 들까지 피타고라스 성에는 오각형이 너무나 많았어요. 어느새 강당 앞에는 오각형 모양의 물건들이 한가득 쌓였어요. 하지만 어디에도 시한폭탄은커녕 절대 악기도 보이지 않았지요.

"아, 이제 10분밖에 남지 않았어요. 빨리 성 밖으로 대피해야 해요."

나뚱뚱 경감과 오동통 형사는 발을 동동 굴렀어요. 그러나 어절수와 신자들은 죽음을 맞더라도 함께하겠다면서 한 발짝도 움직이지 않았지요.

고구마 탐정은 진득진득한 땀을 뚝뚝 흘렸어요. 몇백 미터 밖에서도 고구마 냄새를 맡을 수 있을 정도였지요.

우르르 쾅! 더 거세진 폭풍우가 피타고라스 성에 비를 퍼부었어요. 성을 둘러보던 고구마 탐정의 눈길이 높은 담장에서 멈추었어요.

"혹시 성 전체를 볼 수 있는 지도가 있습니까?"

수학해가 급히 달려가 지도 한 장을 가져와 책상 위에 펼쳤어요. 알파독이 지도를 스캔하기 시작했어요.

"잠깐! 그래, 그래서 오각형을 찾을 수 없었던 거야. '가장 큰 별이 떨어진 그곳'이란 피타고라스 성에서 가장 큰 오각형이란 뜻이었어!"

고구마 탐정은 지도에 직선을 그었어요. 그러자 아무도 보지 못했던 오각형이 나타났어요. 피타고라스 성을 둘러싼 깊은 도랑이 오각형이었던 거예요. 너무 커서 아무도 보지 못했던 거지요.

고구마 탐정은 도랑을 이어서 오각형을 그리고, 오각형 안에 별을, 별 속에 오각형을, 오각형 속에 별을 반복해서 계속 그렸어요. 오각형은 점점 작아지며 성의 가장 중심에 별이 그려졌지요.

"이곳은 어딘가요?"

고구마 탐정의 질문에 어절수가 손으로 창문 너머 시계탑을 가리켰어요. 고구마 탐정과 알파독이 번개같이 시계탑으로 달려갔어요. 나뚱뚱 경감이 소리쳤어요.

"고구마 탐정, 멈춰! 3분밖에 남지 않았어! 어떻게 3분 만에 저 높은 시계탑에서 폭탄을 찾는단 말이야?"

"이건 죽으러 가는 거라고요. 으흐흑."

오동통 형사는 모든 걸 포기한 듯 그 자리에 털썩 주저앉았어요. 수백 명의 신도들이 기도를 올렸어요.

"삼일은 삼, 삼이 육, 삼삼은 구, 삼사 십이, 삼오 십오……. 수학은 세상 모든 것의 원리이자 변하지 않는 진리라는 걸 믿습니다!"

바로 그때 알파독의 눈에서 나온 빛이 시계탑 위를 비췄어요.

시계탑의 대형 시계 아래쪽 스테인드글라스에 별이 그려져 있었어요. 그리고 스테인드글라스 한가운데 설치된 시한폭탄이 보였지요. 고구마 탐정은 빗속을 뚫고 사다리를 타고 오르기 시작했어요.

"10초 남았어! 오, 맙소사! 곧 터질 거야."

째깍, 째깍, 째깍, 5초, 4초, 3초…….

번쩍, 쾅!

"으아악!"

천둥소리에 오동통 형사의 비명이 길게 울려 퍼졌어요. 그와 동시에 고구마 탐정이 공중으로 몸을 던졌지요.

"고구마가 하늘을 날다니!"

고구마 탐정의 손가락이 1초를 남겨 놓고 시한폭탄의 버튼에 닿았어요.

댕- 댕- 댕-. 시계탑이 12시 정각을 알렸어요. 세상은 고요해졌고, 시한폭탄은 작동을 멈추었지요.

디리링, 디리리링, 디리리리링~.

어디선가 아름다운 리라 소리가 들려왔어요. 피타고라스가 남긴 절대 악기에서 나는 소리였어요.

"앗, 고구마 탐정, 저기를 봐!"

복면을 쓴 괴도 팡팡이 시계탑 꼭대기에 앉은 채 리라를 켜고 있었어요.

"후훗, 고구마 탐정, 오늘도 좋은 냄새를 풍기는군. 이번 대결은 여기서 끝내지. 피타고라스파는 수수께끼를 풀지 못했으니 이 악기를 가질 자격이 없어. 이 절대 악기는 내가 가져가야겠어."

어디선가 들어본 듯 익숙한 목소리였어요.

"아니야! 수학을 못 한다는 건 부끄러운 게 아니야! 수학을 좋아하지 않는 것이 부끄러운 일이지. 피타고라스파는 누구보다 수학을 좋아해. 그러니까 절대 악기를 가질 자격이 충분해!"

고구마 탐정의 말을 들은 괴도 팡팡은 마음이 흔들렸는지 잠시 아무 말이 없었어요. 그 틈을 타서 고구마 탐정은 재빠르게 시계탑 꼭대기로 기어올랐어요.

"괴도 팡팡, 꼼짝 마라! 널 체포하겠다!"

그 순간, 고구마 탐정을 향해 괴도 팡팡이 뭔가를 휙휙 던졌어요.

"왈왈! 고구마 탐정, 위험해!"

알파독이 큰 소리로 경고했어요. 고구마 탐정은 황급히 몸을 숙여 피했어요. 그사이 괴도 팡팡은 준비해 둔 밧줄에 몸을 걸고 어둠 속으로 유유히 사라졌지요.

"아, 괴도 팡팡이 던진 것은 무기가 아니라 괴도 쿠키였군. 역시 참을 수 없는 냄새가 풍기네. 꿀꺽."

고구마 탐정은 군침을 삼키며 증거 자료를 모으는 비닐봉지에 괴도 쿠키를 넣었어요. 그런데 괴도 팡팡이 있던 자리에 신비한 기운을 뿜어내는 무언가가 놓여 있었어요. 바로 피타고라스의 리라였지요.

고구마 탐정은 리라를 품에 안고 시계탑에서 내려와 어절수에게 리라를 건넸어요.

"괴도 팡팡은 피타고라스파가 절대 악기를 가질 자격이 충분하다고 판단한 모양입니다."

"감사합니다. 앞으로 더욱 노력해서 어떤 문제라도 풀 수 있도록 실력을 키우겠습니다."

어절수는 눈물을 흘리며 리라를 받아 들었어요. 그 모습을 본 신도들은 기쁨의 환호성을 질렀지요.

나뚱뚱 경감은 시한폭탄을 살펴보면서 고개를 갸웃거렸어요.

어라? 시한폭탄이 장난감이잖아?

괴도 팡팡은 처음부터 폭파할 생각이 없었던 거군요. 피타고라스파가 수학 수수께끼를 풀 능력이 있는지 시험했던 거예요.

어느새 폭풍우가 지나가고 구름 사이로 보름달이 환하게 얼굴을 내밀었어요.

"오동통 형사, 수학해 씨는 어디로 갔지? 아까부터 안 보이던데?"

"경감님, 설마 수학해 씨한테 반한 거예요? 그래도 난 채소 시대가 좋아요. 빨리 가서 황금비 시금치를 보면서 시금치 얼굴 팩을 하고 시금치 피자를 먹고 싶다고요."

나뚱뚱 경감과 오동통 형사의 말을 들으며 고구마 탐정은 말없이 창밖을 바라봤어요.

'괴도 팡팡의 목소리, 어디선가 들어본 적이 있는 익숙한 목소리였어. 대체 누굴까? 변장의 귀재라서 진짜 얼

굴은 아무도 못 봤다고 했지?'

기억을 더듬었지만, 생각이 나지 않았어요. 어둠 저편 어디에서 괴도 팡팡이 지켜보는 것만 같았지요.

## 도전! 고구마 탐정의 수학 추리 퀴즈
# 피타고라스 학교의 별

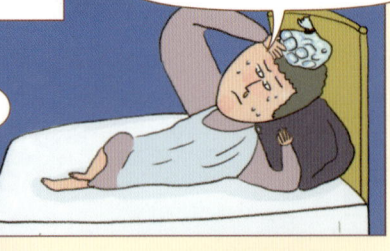

어느 날, 피타고라스 학교의 학생이 먼 길을 가다가 심한 병에 걸려 여관에 묵게 되었어요.

저는 더 살지 못할 것 같아요. 제가 가진 건 오직 이것뿐. 여관 문에 걸어 두세요.

이런 쓸모없는 걸 왜?

흑흑, 정성껏 간호했건만…….

앗, 저것은!

나는 피타고라스 학교의 졸업생이오. 감사의 뜻으로 이 돈을 받으시오.

이렇게 큰돈을! 피타고라스 학교는 역시 대단하군요!

※ 부자는 여관 주인이 피타고라스 학교의 학생을 도왔다는 걸 어떻게 알았을까요?

**사건 해결!**

정답은 오각형! 피타고라스 학교의 학생은 여관 주인에게 오각형을 주었어요. 그것은 정오각형 속에 별이 그려진 피타고라스 학교의 문양이었지요.

## 숨은그림찾기
# 황금비 물건을 찾아라!

피타고라스는 황금비로 그려진 정오각별 문양을 자기가 세운 학교의 상징으로 사용했어요. 정오각별은 정오각형의 대각선을 이어서 만든 정오각형 속 별 모양을 말해요. 우리 주변에도 황금비를 활용해 만든 물건들이 많답니다.

※ 다음 그림에서 황금비로 된 물건들을 찾아보세요!

| 숨은그림찾기 | 신용 카드, 은행 통장, 명함, 락앤락 통, 벽의 콘센트, 스마트폰 |

## 탐정이 되기 위해 꼭 알아야 할 수학 원리
# 비란 무엇일까?

정오각형별에서 짧은 변과 긴 변의 길이의 비는 5:8이에요. 이때 짧은 변을 1로 하면, 5:8은 약 1:1.618이 되지요. 그러니까 5:8은 황금비와 거의 비슷해요.

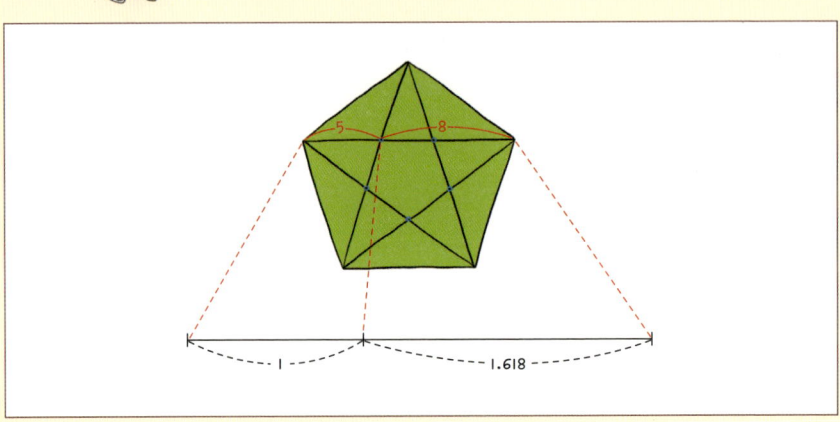

이때 사용하는 수학 용어가 '비'야. 비는 두 수의 크기를 비교할 때 사용하지.

짜장면 3그릇과 짬뽕 2그릇이 있을 때, 짜장면과 짬뽕 수의 비는?

3:2라고 쓰고, 3 대 2라고 읽어.

비가 생각나지 않으면 나를 떠올려!

두 개의 수를 비교하는 관계인 '비'는 읽는 방법이 여러 가지예요. 예를 들어 3:2는 3 대 2라고도 읽지만, 3과 2의 비, 2에 대한 3의 비, 3의 2에 대한 비 등으로도 읽는답니다. 전부 같은 의미이지요.

미스터리 사건 파일 #2

# 그림 속에 감춰진 마법의 사각형

추리 열쇠
마방진

제법이야, 고구마 탐정.

**교과 연계**

| 1학년 1학기 3. 덧셈과 뺄셈 |
| 1학년 2학기 2, 4, 6. 덧셈과 뺄셈 |
| 2학년 1학기 3. 덧셈과 뺄셈 |
| 2학년 2학기 6. 규칙 찾기 |
| 3학년 1학기 1. 덧셈과 뺄셈 |
| 4학년 1학기 6. 규칙 찾기 |

사람들은 고구마 탐정이 무엇이든지 잘할 거로 생각해요. 하지만 솔직하게 말하자면 고구마 탐정은 잘하는 것보다 못하는 게 훨씬 많아요. 그 가운데 가장 못하는 것이 뭐냐면요.

똑똑똑.

앗, 방금 누가 탐정 사무소의 문을 두드렸어요. 두 개의 검은 그림자가 엄청나게 큰 걸로 봐선…….

"고구마 탐정, 바쁜가?"

나뚱뚱 경감과 오동통 형사가 기절 떡볶이를 들고 현관에 서 있군요. 그런데 미안한 표정을 짓고 있네요?

고구마 탐정은 반갑게 떡볶이를 받아 들었어요. 기절할 정도로 매운 떡볶이를 좋아하거든요.

요즘 퇴근 시간이 되면 나뚱뚱 경감과 오동통 형사는 꼭 고구마 탐정 사무소를 들러요. 해결하기 어려운 사건 때문이 아니라 탐정 사무소에 새로 들여놓은 가상 현실 기기 때문이에요. 괴도 팡팡을 잡기 위해 특별히 주문한 최첨단 범죄 수사용 가상 현실(VR) 기기지요.

"잠깐, 아주 잠깐만 쓸 수 있을까?"

최근 들어 나뚱뚱 경감과 오동통 형사는 가상 현실 게임에 빠져 버렸어요. 얼마나 생생한지 현실인지 아닌지 분간을 못 할 정도였거든요. 고구마 탐정이 떡볶이를 먹으려고 고개를 숙이는 순간, 나뚱뚱 경감과 오동통 형사가 기다렸다는 듯 벌떡 일어났어요.

"정말 고맙네. 그렇게 고개를 숙이면서까지 허락해 주다니……."

두 사람은 머리가 큰 탓에 낑낑대며 헤드셋을 간신히 끼워 쓰고는 '우주 전쟁 시대'에 접속했지요. 나뚱뚱 경감과 오동통 형사의 우주 전쟁이 시작되었어요. 허공을 향해 손짓하고, 펄쩍펄쩍 뛰고, 비명을 지르고, 몸을 흔들었어요. 다른 사람 눈에는 정신이 나간 사람들처럼 보이겠지만, 둘은 아주 진지했어요.

"꺄아악, 형님한테 또 지다니!"

오동통 형사는 소파에 털썩 쓰러졌어요. 나뚱뚱 경감이 턱을 내밀며 거들먹거리는 목소리로 말했지요.

"고구마 탐정, 나랑 대결해 볼 텐가?"

고구마 탐정은 떡볶이가 너무 매워서 입에서 불이 나는 것 같았어요. 입안의 열기를 식히며 대답했지요.

"후아, 후아, 저랑 하면 재미없으실 텐데요. 지금까지 저랑 99번 해서 99번 모두 경감님이 이겼잖아요."

"아, 인생은 외로워. 이 넓고 넓은 우주에 나를 대적할 상대가 없다니. 누구라도 나를 이긴다면 무슨 소원이든 다 들어줄 텐데."

그렇게 말하는 나뚱뚱 경감의 얼굴에서 거만함이 뚝뚝 흘러내렸어요. 등 뒤로 오동통 형사가 분한 얼굴로 부들부들 떨었어요.

사실 고구마 탐정은 지금까지 단 한 번도 컴퓨터 게임을 이겨 본 적이 없어요. 어찌나 못하는지 다섯 살 유치원생에게도 질 정도였지요.

그런 고구마 탐정을 가만히 바라보던 알파독이 종이 한 장을 물고 왔어요. 희한하게 생긴 거북 등딱지 그림이었지요.

"거북이 등딱지에 무늬가 있네?"

나뚱뚱 경감과 오동통 형사가 고구마 탐정의 어깨 너머로 살펴봤어요. 고구마 탐정이 소리쳤어요.

"아, 이거 뭔지 알아요. 마법, 사각형, 줄지어 서다!"

나뚱뚱 경감과 오동통 형사는 마법이란 말에 흠칫 놀랐지만, 고구마 탐정의 말을 전혀 이해하지 못하는 얼굴이었어요.

"이건 마법의 사각형이라 불리는 마방진이에요."

마: 마법
방: 사각형
진: 줄지어 서다.

"대략 3,000년 전, 중국 하나라 우왕이 강물에서 나온 거북이의 등딱지를 보았는데, 이런 무늬가 새겨져 있었다고 해요."

고구마 탐정의 말에 나뚱뚱 경감은 턱을 매만졌어요.

"흠, 신비한 전설이로군. 그런데 알파독이 왜 갑자기 이걸 가져왔을까?"

고구마 탐정과 알파독의 눈이 마주쳤어요. 순간 뭔가 알아낸 듯 고구마 탐정의 표정이 돌변했어요.

"나 경감님, 저랑 대결하시지요!"

"느닷없이 자신감이 뿜뿜이네? 과학 기술 혁신이 매일같이 일어나는 4차 산업 시대에 마법의 사각형이 웬 말이야? 무슨 부적이라도 되는 거야?"

"치킨 내기 어떠신가요? 1인 2닭으로요."

나뚱뚱 경감은 가소롭다는 듯이 배를 잡고 껄껄껄 웃었어요. 고구마 탐정의 머리에서 무럭무럭 열이 오르며 군고구마 냄새가 퍼지기 시작했어요.

"어이가 없어도 정말 너~무 없어 눈물이 날 것 같아. 우헤헹!"

나뚱뚱 경감은 혀를 내밀며 비웃더니 장군이 투구를 쓰듯 머리에 헤드셋을 썼어요.

"선수 입장!"

게임이 시작되자 나뚱뚱 경감은 평소와 완전히 다른 모습을 보였어요. 통통한 손가락은 마치 발레리나처럼 우아하면서 재빠르게 허공에서 춤을 췄

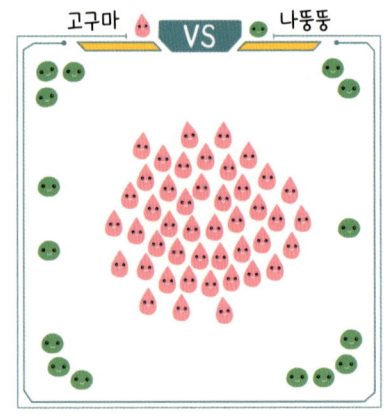

어요. 그에 반해, 고구마 탐정은 답답할 정도로 움직임이 느렸어요.

실력자는 역시 실력자였어요. 게임을 시작한 지 10분이 채 되지 않았는데, 나뚱뚱 경감의 우주 군대가 고구마 탐정의 본부를 포위하고 말았지요.

"이를 어쩌지? 내가 또 승리하겠네?"

나뚱뚱 경감은 아예 소파에 누워서 발가락으로 군대를 조종했어요.

알파독을 통해 게임을 지켜보던 오동통 형사가 고구마 탐정의 귀에 대고 속삭였어요.

"이건 절대 못 이겨요. 탐정님의 군대보다 나뚱뚱 경감님의 군대가 열 배는 더 많아요. 벌써 5,000명이 넘었다고요. 지금이라도 1인 1닭으로 협상하고 항복하시는 게 어때요?"

나뚱뚱 경감은 여유만만한 미소를 지었어요.

"후후훗, 오동통 형사, 몰래 말해 줘도 소용없어. 고구마 탐정은 이미 독 안에 든 쥐, 아니, 독 안에 든 고구마가 되어 버렸거든. 우리 치킨이나 실컷 먹자고."

그런데 자신만만한 나뚱뚱 경감의 말에 고구마 탐정은 걱정하기는커녕 미소를 짓는 게 아니겠어요?

"어디 공격해 보시지요. 나뚱뚱 경감님의 군대를 얼마든지 막아 낼 수 있습니다."

둥둥둥, 둥둥둥~.

알파독이 꼬리로 북을 두드렸어요.

"나의 우주 군대여, 총공격하라!"

나뚱뚱 경감의 군대가 개미 떼처럼 고구마 탐정의 본부를 향해 쳐들어왔어요. 고구마 탐정은 얼마 안 되는 군대를 아홉 개의 부대로 나누어 배치했어요.

"나의 전략 전술은 마방진입니다!"

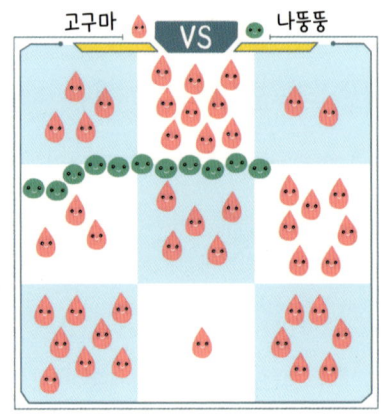

고구마 탐정은 중앙에는 전투력이 가장 강력한 부대들을 놓았고, 나머지 부대들을 여덟 개로 나누어 주변에 에워쌌어요.

"우린 작전이고 뭐고 없다. 그냥 무조건 앞으로 돌격!"

게임을 단숨에 끝내려고 나뚱뚱 경감이 미친 듯이 몸을 움직였어요.

어? 그런데 이게 무슨 일일까요? 나뚱뚱 경감이 고개를 갸웃거렸어요. 아무리 공격해도 고구마 탐정 부대가 무너지지 않는 거예요.

"이상하네. 아까 정찰대를 보내 염탐했을 때 고구마 탐정의 군대는 내 군대의 $\frac{1}{10}$밖에 안 됐는데, 갑자기 왜 이렇게 많아 보이지? 없던 군대가 땅에서 솟았나, 하늘에서 떨어졌나?"

"후후훗, 나의 전략은 마방진, 마법의 사각형이지요. 이번에는 제가 공격할 차례입니다."

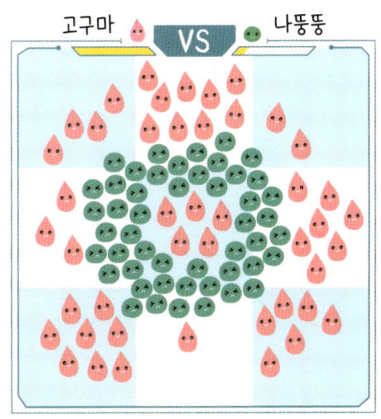

고구마 탐정은 나뚱뚱 경감의 군대가 마방진 안으로 들어오길 기다렸다가 완전히 포위했어요. 나뚱뚱 경감은 당황해서 허둥댔어요.

"온통 사방이 적이네! 빠져나갈 구멍이 없어! 으악, 내 군대가 쓰러지고 있어. 분하다!"

나뚱뚱 경감은 헤드셋을 쓴 채로 무릎을 꿇으며 패배를 선언했어요.

고구마 탐정, 혹시 마방진이란 걸로 해킹한 거 아니야?

"해킹은 범죄입니다. 마방진은 마법 같은 힘을 가진 수학이지요. 절대 속임수가 아닙니다. 자, 그럼 치킨 여섯 마리 주문할까요?"

오동통 형사는 나뚱뚱 경감보다 더 놀랐어요. 방금 눈앞에 펼쳐진 기적 같은 승리에 입을 크게 벌린 채 다물지 못했지요.

"탐정님, 제게 마방진을 알려 주시면 치킨 열 마리 사 드릴게요. 마방진을 배우면 프로 게이머도 할 수 있을 것 같아요."

오동통 형사는 알파독이 준 거북 그림을 소중하게 접어 안주머니에 넣었어요.

디리리링링~.

나뚱뚱 경감의 휴대 전화에서 벨소리가 울렸어요.

"휴가 때 경찰서에서 전화라니. 오늘은 한 달 만에 쉬는 날이란 말이야."

게임에 져서 화가 난 나뚱뚱 경감은 투덜거리며 전화

를 받았어요. 그런데 갑자기 벌떡 일어나더니, 휴대 전화에 경례를 올리지 뭐예요.

"충성! 옙! 네옙! 넵! 넵! 네옙! 충성!"

전화를 끊자마자 나뚱뚱 경감은 겉옷을 입었어요.

"당장 출동해야 해. 고구마 탐정, 복수전은 다음에 해야겠네."

"형님, 아니 경감님, 치킨은요?"

"치킨 먹을 시간이 없어. 너도 같이 출동해야 해. 경찰서장님의 특별 지시가 떨어졌어. 씨름 경호를 하러 가야 해. 자네도 같이 가지."

나뚱뚱 경감은 고구마 탐정과 오동통 형사, 알파독을 차에 태우고 출발했어요.

"바로 씨름판으로 출동하시나요? 어떤 선수가 나오는데 경호까지 하는 건가요?"

"김홍도라는 사람을 경호하라고 하시네. 나도 처음 들어보는 선수야."

나뚱뚱 경감의 말에 고구마 탐정이 대답했어요.

"김홍도는 씨름 선수가 아니라, 조선 시대의 유명한 화가예요."

고구마 탐정은 씨름 선수의 경호를 서는 게 아니라, 김홍도가 그린 〈씨름〉이란 작품을 경호하라는 것일 거라고 설명했어요.

알파독이 인터넷으로 검색한 정보를 알려 줬어요.

"김홍도의 작품 〈씨름〉을 보려고 외국에서 귀빈들이 찾아온대."

"그래서 경호를 서라는 거였군."

어느새 전시회가 열리는 미술관에 도착했어요.

"이 작품이 〈씨름〉이로군. 실제로 보는 건 처음이야. 인물들의 감정 표현이 아주 생생하게 느껴지네."

고구마 탐정은 감탄을 터트렸어요. 나뚱뚱 경감도 마찬가지였어요.

"사람들의 표정을 봐. 만화를 보는 것처럼 재미있어."

〈씨름〉은 구경꾼이 많이 모여든 씨름판에서 두 사내가 한판 대결을 겨루는 장면을 그린 그림이에요. 그림 속에는 부채를 든 양반도 있고, 엿을 파는 장사꾼도 있고, 흥미진진하게 대결을 지켜보는 구경꾼도 있지요. 약간 높은 곳에서 내려다보는 듯한 각도로 그려 씨름판의 긴장감이 잘 느껴지는 게 특징이에요.

"한 사내가 다른 사내를 번쩍 들어 올렸어요. 여기 두 사내의 오른편을 보세요. 구경꾼들이 몸을 뒤로 물리고 있잖아요. 자신들 쪽으로 넘어질까 봐서요."

"아하, 그렇구먼. 보면 볼수록 대단해!"

"구경꾼들의 시선은 모두 씨름하는 두 사내에게 향해 있지만, 딱 한 사람만 다른 쪽을 보고 있어요."

"맞아요. 바로 엿을 파는 아이! 이 아이는 그림 바깥쪽을 보고 있어요."

오동통 형사가 손뼉을 치며 대답했어요.

"이걸 보면 그림 바깥에도 구경꾼들이 많다는 것을 추리할 수 있지요."

"아, 그렇네요. 정말 멋지고 재미있는 그림이네요."

세 사람은 〈씨름〉 앞에서 그림 속에 숨겨진 장면을 상상하고 추리하느라 시간 가는 줄 몰랐어요.

그때 전시회장 입구에서 소란스러운 소리가 났어요. 귀빈들이 입장하는 모양이었어요.

외국 여러 나라에서 손님들이 찾아왔어요. 에스파냐의 공주, 아랍 에미리트의 왕자, 영국의 왕족, 세계적인 부호 등이 줄지어 들어왔지요.

그 가운데 가장 눈길을 끄는 사람이 있었어요.

"우와아아! 거인이다!"

엄청나게 큰 거구가 들어오자 전시회장이 좁아진 것 같았어요. 머리가 천장에 닿을 정도로 키가 컸고, 몸집은 나뚱뚱 경감과 오동통 형사를 합친 것보다 거대했지요.

"일본 최고의 스모 선수 크다까 다꾸앙 선수입니다."

"오, 멋지고 아름다운 그림이무니다!"

명화에 감동했는지 다꾸앙 선수는 〈씨름〉 앞에서 두 손을 맞잡고 소녀처럼 기뻐하며 펄쩍펄쩍 뛰었어요.

"귀빈들을 위한 다과회가 준비되었습니다."

고구마 탐정은 다과실로 안내받았어요. 귀빈들은 우아한 태도로 자기소개를 했어요. 훈훈하고 부드러운 분위기였지요.

모두 다과를 즐기고 다시 전시회장으로 돌아왔을 때, 충격적인 사건이 발생했어요.

"빨리 전시회장 문을 닫으세요! 출입구를 모두 막고 여기서 아무도 나가지 못하게 하세요!"

고구마 탐정의 다급한 목소리가 전시회장을 울렸어요. 나뚱뚱 경감이 당황한 얼굴로 물었어요.

고구마 탐정, 무슨 일인가?

그림 도난 사건이 일어났습니다! 방금 다과실로 가기 전엔 그림이 있었으니, 도난 사건이 일어난 지 10분도 안 되었어요. 범인은 아직 이 안에 있을 겁니다.

나뚱뚱 경감과 오동통 형사가 출입문으로 달려갔어요.

"저도 돕겠스무니다."

옆에서 듣고 있던 다꾸앙 선수가 큰 덩치로 문을 가로막아 버렸어요.

스르륵 철컹, 철컹, 철컹—.

세계 최고의 방범 시설을 자랑하는 미술관답게 강철 셔터가 내려와 건물 전체를 잠갔어요. 철통같은 경비가 불과 1분 만에 이뤄진 거예요.

물론 전시장은 발칵 뒤집혔지요. 관람객은 물론 귀빈들까지 놀라며 소란스러워졌어요. 나뚱뚱 경감이 경찰 신분증을 꺼내며 사람들을 진정시켰어요.

"그런데 무슨 그림이 없어졌다는 건가요?"

미술관 관장이 어리둥절한 얼굴로 물었어요. 그도 그럴 것이, 미술관의 그림들은 모두 제자리에 그대로 걸려 있었기 때문이지요.

"이 그림은 가짜입니다."

고구마 탐정의 손끝이 향한 그림은 〈씨름〉이었어요.

"이 그림이 가짜라고요?"

미술관 관장조차 〈씨름〉이 왜 가짜인지 알아채지 못했어요.

"우리 눈에는 진짜처럼 보이는데요?"

관람객들이 우르르 몰려들어 〈씨름〉을 살펴봤지만, 아무도 가짜인지 알아내지 못했어요.

고구마 탐정은 〈씨름〉 앞으로 다가갔어요.

달짝지근한 군고구마 냄새가 전시장에 퍼져 나갔어요. 여기서도 꼴깍, 저기서도 꼴깍, 사람들이 군침 삼키는 소리가 들렸어요.

"〈씨름〉은 마법의 사각형으로 그려진 그림입니다. 그런데 이 가짜 〈씨름〉은 마법의 사각형이 아닙니다."

"어디에 사각형이 있단 소리예요? 제가 숨은그림찾기를 엄청나게 잘하는데, 사각형은 보이지 않는걸요?"

관람객들이 웅성거리며 고구마 탐정에게 질문했어요.

오동통 형사는 속주머니에 곱게 접어 넣었던 마방진을 꺼내 씨름도와 비교해 보았어요.

"알았어요! 이 오동통이 태어나서 처음으로 추리해서 알아냈단 말입니다! 이 그림은 마방진이 아니에요!"

"오, 그림 속 선수 이름이 마방진이무니까? 성은 마, 이름은 방진?"

다꾸앙 선수가 아는 척을 했어요. 고구마 탐정이 도저히 안 되겠다는 듯 입을 열었어요.

"흠흠, 그건 아닙니다. 작품 속에 그려진 사람 수를 세어 보세요."

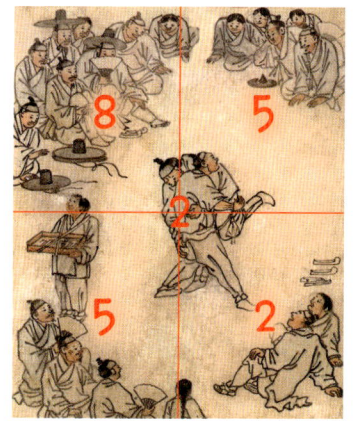
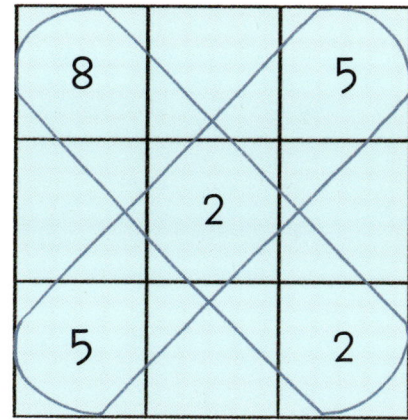

"가운데 씨름을 하는 두 사람을 기준으로 위쪽 오른편에 5명, 왼편에 8명이 앉아 있어요. 아래쪽에는 왼편 5명, 오른편 2명이 보이지요. 왼쪽 위에서 대각선의 합은 '8+2+2=12', 오른쪽 위에서 대각선의 합은 '5+2+5=12'로 값이 같아요. 이렇듯 김홍도의 〈씨름〉에는 마방진이 숨어 있는 거지요."

## 김홍도는 왜 마방진으로 〈씨름〉을 그렸을까?

〈씨름〉에는 사람이 무려 22명이나 등장해요. 크지도 않은 그림에 많은 사람이 그려져 있어서 자칫 복잡하게 느껴질 수 있지요. 하지만 마방진을 이용하면 관람객의 눈길이 씨름이 벌어지는 그림 한복판에 집중됩니다. 덕분에 씨름 선수는 물론 주변 인물들의 표정까지 여유롭게 감상할 수 있지요.

 고구마 탐정은 수천 년 전 까마득한 옛날부터 사람들이 마방진에 신비한 힘이 있다고 믿었다고 설명했어요. 가로로 더해도, 세로로 더해도, 대각선으로 더해도 언제나 같은 수가 나오니까요.

 "마법 같지요? 그래서 옛날에는 마방진을 귀신을 물리치는 부적으로 사용했지요. 그런데 자세히 보면 이 그림에는 사람이 한 명 더 있어요."

 "엇, 그러네! 구석에 쿠키를 들고 있는 사람이 있어!"

나뚱뚱 경감은 화가 나서 빨개진 얼굴로 고구마 탐정에게 속삭였어요.

"아까 게임 할 때 내가 왜 졌는지 이제 알겠군. 마방진을 사용해 군대를 배치하니까 어느 쪽에서 봐도 군사의 수가 똑같았던 거야. 그래서 내 눈에는 자네 부대가 많아 보였던 거지."

"후후훗, 맞습니다. 마방진 전략을 사용하니까 나뚱뚱 경감님이 공격을 해도 죄다 막아 낼 수 있었지요."

| 4 | 9 | 2 |
|---|---|---|
| 3 | 5 | 7 |
| 8 | 1 | 6 |

만약 나뚱뚱 경감님이 4를 공격하면, 9와 3 그리고 5에 있는 부대가 재빨리 도와주지요. 어느 쪽이나 군사의 수가 똑같아서 우리 군대에는 빈틈이 없습니다.

내 군대가 고구마 탐정의 본부로 들어갔을 때 빠져나오지 못한 건 왜지?

마방진 안으로 들어오기만 하면 나 경감님의 군대는 절대로 빠져나갈 수가 없습니다. 나 경감님의 군대가 3으로 빠져나가려고 하면 8과 4에 있던 제 부대가 공격하고, 7로 빠져나가려고 하면 2와 6에 있는 제 부대가 막아서니까요.

으윽, 분하다!

"다음에는 내가 써먹어야지."

오동통 형사는 마방진을 다시 곱게 접어 안주머니에 소중하게 집어넣었어요.

"앞으로 마방진의 마법을 이용해 세계적인 프로 게이머가 되겠어요. 우호호홋!"

그때 미술관 관장이 발을 동동 구르며 재촉했어요.

"이러고 있을 때가 아닙니다. 어서 잃어버린 진짜 〈씨름〉을 되찾고 범인을 잡아야지요."

"아참, 그렇지. 제가 기필코 범인을 잡겠습니다."

나뚱뚱 경감이 주먹을 불끈 쥐었어요. 고구마 탐정은

가짜 〈씨름〉 주변을 살피다가 구석에 떨어진 뭔가를 발견했어요.

"앗, 이것은 괴도 쿠키!"

범인은 괴도 팡팡이었어요. 고구마 탐정의 얼굴에 긴장한 기색이 역력했어요. 상대가 보통 범인이 아니었으니까요.

오동통 형사가 재빨리 감시 카메라를 확인했어요. 다행히 미술관을 봉쇄하기 10분 전부터 미술관 밖으로 나간 사람은 아무도 없었어요.

"이 미술관은 세계 최고의 보안 시설을 자랑하는 곳이야. 괴도 팡팡은 빠져나가지 못했을 게 분명해. 아직 이 안에 있을 거야. 이번에는 꼭 잡고 말 테다!"

고구마 탐정과 나뚱뚱 경감은 관람객을 한 명 한 명 조사하며 괴도 팡팡을 찾았어요. 하지만 문제가 있었어요. 아무도 괴도 팡팡의 진짜 얼굴을 몰랐던 거예요.

"수상한 사람은 없었어. 모두 신분이 확실한 사람들이라고."

나뚱뚱 경감이 말했어요.

윙윙윙-. 알파독은 두 눈에서 엑스레이 광선을 쏘아 관람객의 가방 속에 무엇이 있는지 스캔했어요.

"그림을 숨긴 사람도 없어."

사건은 점점 더 미궁으로 빠져들었어요. 시간을 길게 끌 수도 없었어요. 관람객들의 항의가 빗발쳤거든요.

"우리를 빨리 내보내 주시오. 비행기 시간에 맞춰 공항에 가야 한단 말이오."

"우리 공주님은 파티에 참석해야 해요."

"대통령이 왕자를 기다리고 계십니다."

어쩔 수 없이 나뚱뚱 경감은 미술관의 문을 열어야 했어요.

그래도 끝까지 포기할 수 없었던 나뚱뚱 경감과 오동통 형사는 밖으로 나가는 관람객을 한 명 한 명 철저하고 꼼꼼하게 몸수색했어요. 하지만 그림 비슷한 것도 나오지 않았지요.

"괴도 팡팡은 못 잡을지언정 〈씨름〉을 훔쳐 가게 둘 수는 없어. 괴도 팡팡은 전시장 어딘가에 진짜 그림을 숨겨 놓았을 거야."

고구마 탐정 일행은 먼지 하나도 놓치지 않겠다는 듯이 전시장 곳곳을 수색했어요. 그러나 아무것도 찾지 못했지요.

"아! 〈씨름〉이 도난당하는 데 걸린 시간은 겨우 10분. 10분 만에 진짜를 숨기고 이곳을 빠져나가는 것은 불가능해. 감시 카메라에도 찍히지 않았어. 괴도 팡팡은 독 안에 든 쿠키나 마찬가지야. 그런데 왜 그림을 찾지 못하고, 괴도 팡팡도 잡지 못하는 걸까? 아, 실패야. 난 이제 옷 벗어야 할 거야."

계단 구석에 쪼그리고 앉은 나뚱뚱 경감은 절망에 빠진 얼굴로 훌쩍훌쩍 울기 시작했어요. 고구마 탐정이 그런 나뚱뚱 경감의 어깨를 두드리며 위로했어요.

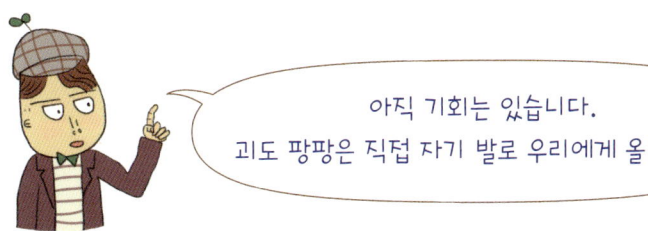

아직 기회는 있습니다.
괴도 팡팡은 직접 자기 발로 우리에게 올 거예요.

"그게 무슨 소리야? 괴도 팡팡이 자기 발로 직접 찾아온다니?"

나뚱뚱 경감의 질문에 고구마 탐정은 자신만만한 미소를 지었어요.

"후후훗, 진짜 〈씨름〉을 찾아야 할 테니까요."

고구마 탐정의 말에 나뚱뚱 경감도, 오동통 형사도, 미술관 관장도 무슨 말인지 몰라 얼떨떨한 표정으로 가만히 서 있었어요.

고구마 탐정은 가짜 〈씨름〉을 둘둘 말았어요.

"이 가짜는 관람객들에게 혼란을 일으킬 수 있으니 당장 버리겠습니다."

고구마 탐정은 가짜 〈씨름〉을 쓰레기통에 버렸어요.

어두운 밤, 미술관 근처의 거리. 가로등마저 꺼져서 주변이 잘 보이지 않았어요. 쓱쓱, 빗자루를 든 청소부가 거리를 청소하고 있었어요.

삐오삐오삐오-. 청소 트럭이 쓰레기통을 비우려고 앞으로 천천히 다가왔어요.

"수고 많으십니다. 제가 하겠습니다."

청소 트럭을 운전하던 또 다른 청소부가 내려서 쓰레기통을 트럭에 실으려고 했어요. 가짜 〈씨름〉이 버려진 미술관의 쓰레기통이었지요.

"이것도 가져가셔야지요."

빗자루를 든 청소부가 변장을 벗었어요. 그러자 고구마 탐정의 얼굴이 드러났어요.

"왈왈왈!"

골목에 숨어 있던 알파독이 트럭의 청소부를 향해 달려들었어요. 흠칫하며 뒤로 물러나던 청소부의 모자가 벗겨졌어요. 하지만 검은 복면을 쓰고 있어서 얼굴을 알아볼 수 없었어요.

"괴도 팡팡, 기다리고 있었다! 넌 포위됐어!"

하지만 괴도 팡팡은 역시 보통 도둑이 아니었어요.

휙휙휙-. 휙휙휙-.

어느새 괴도 팡팡은 청소 트럭으로 뛰어올라 공중제비를 돌기 시작했어요. 텀블링하는 괴도 팡팡은 체조 선수처럼 유연하고 재빨랐어요. 고구마 탐정은 순간적으로 당황했어요.

"마방진!"

고구마 탐정이 소리쳤어요.

그러자 골목골목 숨어 있던 경찰들이 일제히 진열을 바꾸면서 마방진 모양으로 괴도 팡팡을 포위하기 시작했어요. 마방진은 빈틈이 없었어요.

"훗!"

괴도 팡팡은 텀블링을 멈췄어요. 어디로 도망쳐야 할지 몰라서 갈등하는 것 같았지요.

별안간 괴도 팡팡이 발차기 하듯 벽을 향해 뛰어들었어요. 놀랍게도 괴도 팡팡은 벽 위를 달릴 수 있었어요. 벽에 달라붙는 특수한 신발을 신은 게 분명했어요.

괴도 팡팡은 벽을 가볍게 훌쩍 뛰어넘어 도망쳤어요. 하지만 고구마 탐정도 철저하게 준비하고 있었지요.

괴도 팡팡이 골목으로 들어갔을 때만 해도 분명히 빠져나갈 길이 있었어요. 그런데 1초 만에 골목에 벽이 생겨 버렸어요. 스르륵, 하고 벽이 움직였던 거예요.

"이럴 수가! 벽이 살아 있는 거야?"

괴도 팡팡은 당황한 기색이 역력했어요. 고개를 바삐 움직이던 괴도 팡팡이 또 다른 골목으로 달아나자, 또 벽이 스르륵 움직이며 괴도 팡팡을 막았어요.

"어림없지."

괴도 팡팡이 벽을 타 넘으려고 공중제비를 돌았어요. 그 순간, 벽에서 솥뚜껑만 한 손이 쑤욱 하고 나오는 게 아니겠어요?

"이얍!"

"컥!"

괴도 팡팡의 목덜미가 잡혀 버렸어요. 일본 스모 선수 다꾸앙의 손이었어요. 고구마 탐정이 다꾸앙의 거대한 몸집을 벽으로 변장시켜서 마방진의 하나로 배치해 둔 거였어요.

"드디어 체포했군."

나뚱뚱 경감이 수갑을 채우려고 다꾸앙 선수로부터 괴도 팡팡을 건네받는 순간이었어요.

슉, 슉, 슉.

괴도 팡팡은 나뚱뚱 경감과 다꾸앙을 향해 뭔가를 날렸어요.

"조심해!"

다꾸앙 선수와 나뚱뚱 경감의 입으로 뭔가가 쏙쏙 들어갔어요.

"으음, 맛있스무니다!"

괴도 팡팡이 던진 것은 바로 괴도 쿠키였어요. 황홀한

표정을 지으며 쿠키를 씹어 먹느라 다꾸앙의 손에 힘이 빠졌어요.

때를 놓치지 않고 괴도 팡팡은 문어처럼 유연하게 다꾸앙의 손아귀에서 미끄러지듯 빠져나오더니 휙휙휙, 뒤로 공중제비를 돌며 어둠 속으로 도망쳐 버렸지요.

"저길 봐!"

드론에 매달린 괴도 팡팡이 모습을 드러냈어요.

"고구마 탐정, 제법이야. 후후훗. 이건 선물이네."

괴도 쿠키가 경찰들과 고구마 탐정의 머리 위로 비처럼 쏟아졌어요. 괴도 팡팡은 드론에 매달려서 날아갔어요. 그 모습을 지켜보던 나뚱뚱 경감은 바닥에 주저앉아 흐느꼈어요.

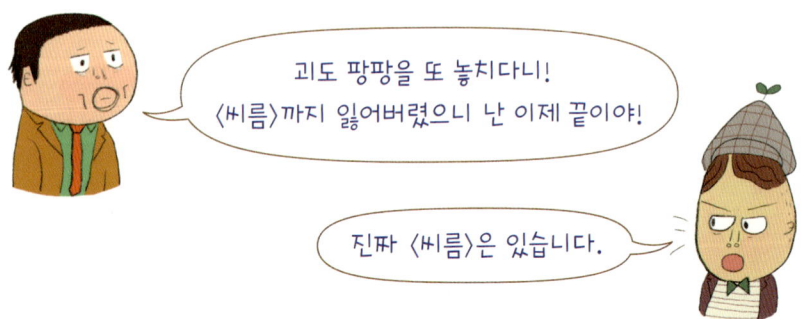

괴도 팡팡을 또 놓치다니! 〈씨름〉까지 잃어버렸으니 난 이제 끝이야!

진짜 〈씨름〉은 있습니다.

고구마 탐정은 쓰레기통에 들어 있던 가짜 〈씨름〉을 꺼내 내밀었어요.

"이건 가짜라면서."

고구마 탐정이 가짜 〈씨름〉을 덮고 있던 그림을 한 겹 벗겨 냈어요. 그러자 진짜 〈씨름〉이 나타났지요.

"어떻게 된 일이야?"

"괴도 팡팡은 진짜를 가지고 나갈 수가 없었어요. 그래서 진짜 그림 위에 가짜 그림을 입혀 놓고, 가짜라고 버리면 나중에 찾아가려고 했던 거지요."

다꾸앙 선수와 오동통 형사는 괴도 쿠키를 주워 먹느라 정신이 없었어요. 고구마 탐정은 드론이 사라진 밤하늘을 바라봤어요.

"언젠간 꼭 잡고 말 테다! 쿠키 맛은 변함없이 좋군."

## 도전! 고구마 탐정의 수학 추리 퀴즈
# 홍수를 멈춘 거북이 등딱지에 들어갈 수는?

## 숨은그림찾기
# 마방진을 찾아라!

마방진은 중국에서 서양으로 건너갔어.
서양 사람들은 놀라워하면서 '매직 스퀘어'라고 불렀지.
매직 스퀘어는 '마법의 사각형'이란 뜻이야.
서양에서는 마방진을 마법의 한 종류로 생각하고,
마법을 연구하는 연금술사가 사용했어.

※ 다음 그림에서 마방진이 그려진 물건들을 찾아보세요!

숨은그림찾기 — 액자, 카드, 책, 마법 구슬

## 탐정이 되기 위해 꼭 알아야 할 수학 원리
# 마방진 만들기

여러분도 마방진을 만들어 보세요.
짝수 칸은 어려우니까 홀수 칸의 마방진을 만들어 볼까요?

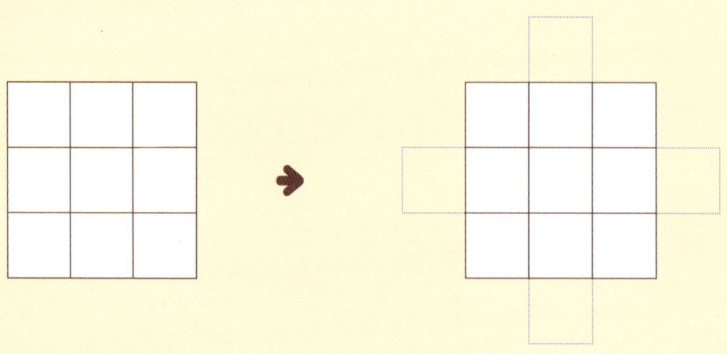

① 마방진 바깥쪽에 네모 칸을 하나씩 더 그려요.

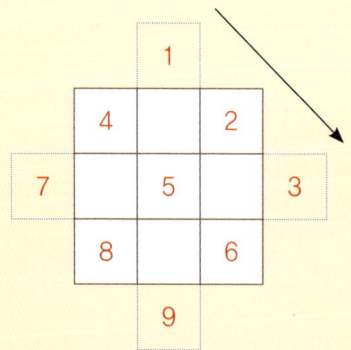

② 마방진 바깥쪽에 있는 칸부터 차례대로 대각선으로 수를 써요.

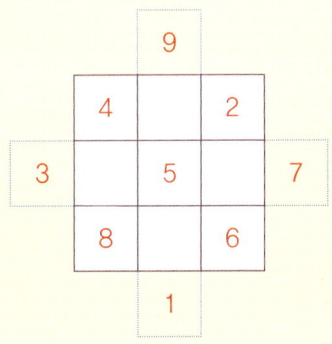

③ 중앙을 중심으로 건너편에 있는 수를 바꿔요. 1과 9, 7과 3.

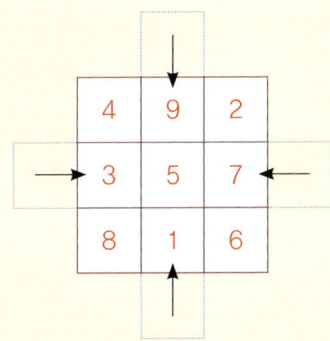

④ 마방진 바깥쪽 칸에 있는 수를 마방진 안쪽 칸으로 집어넣으면 완성!

가로 5칸, 세로 5칸짜리도 똑같은 방법으로 만들어 봐. 마법이 생길 거야!

마법이 이렇게 쉬운 거였나?

미스터리 사건 파일 #3

# 잃어버린 호루스의 눈을 찾아라!

**추리 열쇠**
통분

교과 연계

| 3학년 1학기 6. 분수와 소수 |
| 3학년 2학기 4. 분수 |
| 4학년 2학기 1. 분수의 덧셈과 뺄셈 |
| 5학년 1학기 5. 분수의 덧셈과 뺄셈 |

"끄아아아악! 내 콧구멍으로 뇌가 빠져나가고 있어!"

고구마 탐정의 사무소에서 비명이 터져 나왔어요. 누구의 목소리일까요?

"고구마 탐정, 조금만 참아! 곧 끝날 거야."

알파독의 간절한 목소리가 들렸지만 "꺄아아아악!" 하는 고구마 탐정의 비명은 계속해서 울려 퍼졌어요.

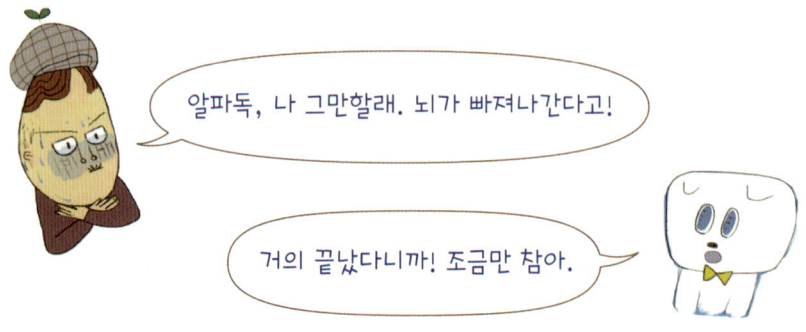

지금 고구마 탐정은 헤드셋을 쓰고 가상 현실 속에서 이집트의 미라를 체험하는 중이에요. 탐정 공부에 필요하기 때문이지요.

미라는 썩지 않고 건조된 시체로, 고대 이집트에서는 사람이 죽으면 미라로 만들었어요.

미라를 만드는 방법을 보면, 우선 죽은 사람의 콧구멍에 긴 도구를 집어넣어 뇌를 꺼내요. 그런 다음 몸에서 내장을 꺼내 단지에 각각 담아 두고, 붕대로 온몸을 둘둘 감아서 관에 넣지요. 이때, 심장은 몸 안에 남겨 둬요. 죽은 자들의 세계로 가는 길목에서 죽음의 신이 저울로 심장의 무게를 재기 때문이지요. 심장이 타조 깃털보다 가벼우면 낙원으로 갈 수 있지만, 그보다 무거우면 지하 세계로 끌려가 고통스럽게 살아야 해요.

"가상 현실인데 뭐가 무섭다고 그래. 나도 들어갈게."

알파독이 헤드셋을 쓰고 고대 이집트 왕의 무덤인 피라미드 속으로 들어왔어요.

"누가 왕의 무덤에 허락도 없이 들어왔느냐!"

무시무시한 목소리가 어두컴컴한 피라미드 전체에 쩌렁쩌렁 울렸어요. 벽에 세워 둔 관이 벌컥, 열렸어요. 온몸에 붕대를 감은 미라가 벌떡 일어났어요.

"왕께서 너희 머리 위에 화염을 토해 육신을 파괴할 것이다! 너희의 육체는 문드러지고 뼈는 썩을 것이다!"

쿵, 쿵, 쿵, 쿵쿵쿵쿵쿵. 발걸음 소리가 점차 크게 들려왔어요.

"으아아아악! 미라가 온다!"

고구마 탐정과 알파독은 서로 끌어안고 부들부들 떨었어요.

"인제 그만! 알파독, 빨리 전원 꺼!"

팟, 하고 눈앞에서 미라가 사라졌어요. 고구마 탐정과 알파독은 축 처진 어깨로 긴 한숨을 내쉬었어요.

"후유, 살았다. 내 뇌는 그대로인 거지? 알파독, 넌 로봇이면서 뭐가 무섭다는 거야?"

"인공 지능이라도 무서운 건 무서운 거다."

"미라 체험 같은 건 다시는 하지 말자. 미라가 사건을 의뢰하러 올 리는 없잖아."

고구마 탐정과 알파독은 소파에 앉아 마음을 다스리며 텔레비전을 켰어요. 마침 뉴스가 나오고 있었지요.

"우리나라에 고대 이집트에서 온 보물들이 전시됩니다. 가장 인기 있을 것으로 보이는 유물은 얼마 전, 사하라 사막에서 발굴한 신비한 벽화입니다. 이 벽화에는 알 수 없는 고대 이집트 문자가 쓰여 있는데, 현재 언어학자들이 문자를 해독하고 있습니다. 벽화의 내용이 밝혀지면 인류의 역사가 새롭게 쓰일 것이라며 기대가 모아지고 있습니다."

그날 밤, 고구마 탐정은 잠을 자려고 누웠어요.

"왠지 으스스하네. 미라가 나올 것 같은 밤이야."

밤은 어두웠고, 주변은 조용했어요. 고구마 탐정은 두 눈이 말똥말똥 잠이 오지 않았어요.

"설마 미라가 사건을 의뢰하러 오지는 않겠지?"

충전 중이던 알파독이 중얼거렸어요.

'그걸 말이라고 해?' 하고 소리치려는 순간, 탁탁탁, 창문쪽에서 소리가 났어요. 누군가 왔다면 문에서 소리가 나야 정상이잖아요? 그런데 창문 소리라니? 수상한 느낌이 번뜩 들었어요.

창문에 검은 그림자가 비쳤어요. 움직이는 모습이 마치 무시무시한 독사인 코브라 같았지요. 고구마 탐정은 얼른 침대 밑에 몸을 숨겼어요. 창문이 살짝 열리는가 싶더니, 침대 밑으로 코브라가 쑥 들어왔어요.

"헙!"

"쉿!"

코브라가 말을 했어요. 정확하게는 코브라 왕관을 쓴 여인이 말을 했지요.

"고구마 탐정님? 사건 의뢰를 하러 왔습니다."

"아니, 왜 문을 놔두고 창문으로 들어오셨나요?"

"죄송합니다. 다른 사람의 눈에 띄면 안 되어서요. 특히 기자에게 들키면 큰일이거든요."

코브라 왕관을 쓴 젊은 여인은 고구마 탐정에게 자기를 소개했어요.

"저는 이집트의 공주 클레오파트라라고 합니다. 편하게 클레오라고 불러 주세요."

길고 짙은 속눈썹 밑으로 반짝이는 큰 눈

동자는 믿을 수 없을 정도로 아름다웠어요. 공주는 한국말을 무척 잘했어요. 우리나라에서 유학했다고 했지요.

"저는 이집트의 보물과 벽화를 전시하기 위해 한국을 방문했어요. 한국과 이집트가 더 가까워졌으면 해서 제가 직접 온 거예요. 저희 보물과 벽화를 보기 위해 엄청나게 많은 사람들이 박물관을 찾았어요."

고구마 탐정은 뉴스에서 봤던 사막에서 발굴한 신비한 벽화가 떠올랐어요. 벽화에는 뜻을 알 수 없는 고대 문자가 새겨져 있다고 했지요.

"그런데……."

공주의 표정이 슬프게 변했어요.

"그런데요?"

"그런데 밤마다 박물관에 유령이 나타나는 게 아니겠어요?"

"지금 유령이라고 하셨습니까?"

고구마 탐정이 다시 물었어요. 공주는 두 손을 모으고 고개를 끄덕였어요.

"제 두 눈으로 똑똑히 봤어요. 소문을 듣고 경비원들마저 도망쳐 버렸답니다. 이제 누구도 유물을 지키려고 하지 않아요."

공주의 커다란 눈동자에 눈물이 맺혔어요. 공주는 힘없이 고개를 떨구었어요.

"훗, 그러니까 저한테 유령을 쫓아 달라는 말인가요?"

미소 짓는 고구마 탐정이 앉은 의자와 앞에 놓인 테이블, 손에 든 찻잔이 지진이 난 듯 달달달달 흔들렸어요. 안 그런 척 했지만, 너무 무서워서 다리를 떨고 있었던 거예요. 알파독이 고구마 탐정의 다리를 꽉 잡았지만 소용이 없었어요.

"후후훗, 클레오파트라 공주님, 저는 탐정이지 유령을 쫓는 퇴마사가 아닙니

다. 제가 잘 아는 형사가 있습니다. 배고픈 거 빼고 무서운 걸 모르는 분이지요. 나뚱뚱 경감이라고…….”

고구마 탐정은 덜덜 떨리는 손으로 책상 서랍을 뒤져 공주에게 명함을 내밀었어요. 하지만 공주는 손을 저으며 명함을 거절했어요.

“경찰에는 연락할 수 없어요. 고대 이집트 유물에 유령이 붙었다는 소문이 나면 어떡해요? 그렇게 되면 나라 망신이라고요. 저는 비밀리에 이 사건을 해결하고 싶어요. 그래서 이렇게 실례를 무릅쓰고 한밤중에 창문을 넘어온 것이고요.”

공주의 커다란 눈동자에 맺힌 눈물이 볼을 타고 흘러내렸어요.

“저는 유령이랑 별로 안 친합니다. 특히 미라 같은 이집트 유령이랑은 정말 안 친하거든요.”

하지만 고구마 탐정은 공주의 간절한 부탁을 거절할 수 없었어요. 어느새 알파독과 함께 클레오 공주를 따라 유령이 나온다는 박물관으로 걸음을 옮기고 있었지요.

    아무도 없는 박물관은 으스스하고 싸늘한 기운이 감돌았어요. 한쪽 벽을 가득 채운 거대한 벽화가 은은한 조명을 받으며 신비한 자태를 뽐내고 있었어요.

    "이것이 사막에서 발견된 '호루스의 눈'이라는 벽화예요. 저 눈을 보고 있으면 고대 이집트의 세계로 빨려 들어가는 기분이 들지요."

공주의 말을 들은 고구마 탐정이 질문했어요.

"그런데 왜 하필 눈을 그렸을까요? 이 눈은 어떤 의미인가요?"

"고대부터 전해지는 신화에 의하면, 호루스는……."

공주는 꿈꾸는 듯한 아련한 표정으로 고대 이집트 신들의 이야기를 들려주었어요.

언제인지 알 수 없는 까마득한 옛날 오시리스 왕이 다스리던 평화로운 때였답니다. 오시리스 왕에게는 세트라는 동생이 있었어요. 세트는 욕심이 많아서 왕이 된 형을 미워했어요. 호시탐탐 왕의 자리를 노리던 세트는 무시무시한 음모를 꾸며 오시리스를 함정에 빠뜨렸어요. 결국, 오시리스는 죽고 말았지요.

"흑흑흑, 왕이 억울하게 죽다니! 내가 반드시 원수를 갚으리라."

오시리스의 아내인 이시스 왕비는 통곡하면서 신에게 복수를 해 달라고 기도했어요. 죽음의 신은 이시스 왕비의 정성에 감동해서 오시리스의 시체를 미라로 만들어 다시 살아나게 해 주었어요.

그러나 오시리스는 이 세상에 살 수 있는 사람이 아니었어요. 그래서 죽은 자들이 사는 나라의 왕이 될 수밖에 없었어요.

여기까지 듣던 고구마 탐정이 물었어요.

"잠깐만요. 죽음의 신이라고 하면, 죽은 자들의 세계로 가는 길목에서 저울을 들고 기다렸다가 심장의 무게를 재는 그 신 말인가요?"

"맞아요. 머리가 늑대인 아누비스 신이지요."

"머리가 늑대라니……. 으으."

세월은 흐르고 흘러, 오시리스 왕과 이시스 왕비 사이에서 아들이 태어났어요. 둘은 아들의 이름을 호루스라고 지었지요. 호루스는 매의 머리를 갖고 태어났어요.

청년으로 성장한 호루스는 아버지 오시리스의 원수를 갚기 위해 세트를 찾아갔어요.

"내 아버지의 원수를 갚겠다!"

호루스와 세트는 전쟁을 벌였어요. 무려 80년 동안이나요. 그러나 승부가 나지 않았어요.

세트는 만만한 상대가 아니었어요. 호루스의 눈동자를 뽑아 여섯 조각을 낸 후, 이집트 전 지역에 뿌려 버렸어요. 호루스는 한쪽 눈동자를 잃었지만, 세트와 싸워 이겼어요. 세트를 죽인 호루스는 아

버지 오시리스의 뒤를 이어서 이집트의 왕이 되었답니다.

호루스가 이집트를 다스리며 평화로운 시간을 보내던 어느 날, 지혜와 마법의 신 토트가 나타났어요. 토트는 세트가 조각내 이집트에 뿌린 호루스의 눈동자를 다시 하나로 만들어 주었어요.

"저 벽화 속의 눈은 바로 조각났다가 하나로 합쳐진 호루스의 눈동자군요."

신들의 이야기를 들은 고구마 탐정은 벽화가 더욱 신

111

비하게 느껴졌어요. 공주는 벽화에 새겨진 알 수 없는 고대의 문자들을 가리켰어요.

"우리는 저기 있는 문자를 해독하는 데 성공했어요. 하지만 아직 공식적으로 밝히지 못했지요. 자칫 잘못하다가는 세상이 혼란스러워질 수 있어서요."

"대체 어떤 내용인가요?"

"예언입니다. 강력한 힘에 대한 예언이요.《토트의

책》을 소유한 자는 세상의 모든 비밀을 알게 되고, 세상에서 가장 강력한 힘을 갖게 된다는 예언이에요. 토트는 고대 이집트를 다스리던 지혜의 신으로, 머리가 새인 따오기의……."

"머리가 새라니……, 으흠."

한밤중 박물관의 모든 불이 꺼지고 비상등만 희미하게 어둠을 지켰어요.

박물관 귀퉁이에 잔뜩 웅크린 그림자 셋이 비쳤어요. 고구마 탐정과 알파독, 그리고 클레오 공주였어요. 셋은 유령을 기다리고 있었어요.

"흐익, 내, 내 다리……. 누가 내 다리를 건드렸어."

고구마 탐정이 기절할 듯 놀란 표정을 지었어요.

"내 꼬리야."

113

알파독의 꼬리를 보고 안도의 숨을 내쉬던 그 순간!

파악.

갑자기 박물관의 비상등이 모조리 꺼졌어요. 눈앞에 먹물을 풀어놓은 듯 한 치 앞도 보이지 않았지요.

쿵, 저벅, 쿵, 저벅, 쿵, 저벅…….

어둠 속 저편에서 발걸음 소리가 울려왔어요. 고구마 탐정과 알파독, 클레오 공주는 숨을 죽이고 귀를 기울였어요. 알파독의 눈에서 빛이 나가며 어둠을 갈랐어요. 희미한 불빛으로 흐물거리는 형체가 어렴풋하게 나타났어요. 그런데…….

그 형체의 머리는 매의 모습을 하고 있었어요.

"유, 유령이에요! 또 나타났어요."

공주가 식은땀을 흘리며 중얼거렸어요. 유령은 지팡이로 주변을 더듬거렸어요.

"유령이 앞을 보지 못하는 것 같네요?"

고구마 탐정의 목소리가 너무 컸나 봐요. 유령이 소리가 난 방향으로 몸을 틀었어요.

"누구냐? 눈동자를 가져가야겠다!"

쿵쿵쿵쿵! 유령이 미친 듯이 고구마 탐정이 있는 쪽으로 달려왔어요.

고구마 탐정 일행은 재빨리 다른 유물 뒤로 몸을 숨겼어요. 그런데, 하필이면 이때 군고구마 냄새가 풍겼어요. 너무 긴장한 나머지 고구마 탐정의 등줄기를 따라 진득한 땀이 흐르고만 거예요.

쿵, 쿵, 쿵, 쿵.

유령은 냄새를 맡으며 고구마 탐정 바로 코앞까지 다가왔어요. 고구마 탐정과 공주는 바닥에 납작 엎드렸어요. 유령은 두 주먹을 움켜쥐고 천장을 향해 허공을 찢어 놓을 듯이 울부짖었어요.

"누구냐! 누가 내 눈동자를 가져갔느냐!"

박물관이 쩌렁쩌렁 울릴 정도로 날카로운 소리였어요. 온몸에 오소소, 소름이 돋았어요.

"내 눈동자를 찾아내라! 《토트의 책》에 있을 것이다! 내 눈을 돌려주지 않으면 너희 눈동자를 뽑아 가리라! 너희 눈동자를 조각내 세상에 뿌리리라!"

유령은 무시무시한 저주를 쏟아 냈어요. 고구마 탐정과 공주, 알파독은 숨소리 하나 내지 않고 죽은 듯이 숨어 있었지요.

쿵, 저벅, 쿵, 저벅, 쿵, 저벅.

유령은 더는 찾지 않고 어둠 속으로 서서히 연기처럼 사라졌어요.

"고구마 탐정님, 갔어요. 유령이 가 버렸어요."

"……."

공주가 불렀지만, 고구마 탐정은 아무 말이 없었어요. 뭔가를 생각하는 중인지, 움츠린 자세 그대로 움직이지 않았지요. 알파독이 고구마 탐정을 살펴봤어요.

"왜 이렇게 조용하지?"

알파독은 고구마 탐정의 눈꺼풀을 까 보았어요.

"기절했군."

공주가 고구마 탐정의 볼을 세차게 철썩, 때렸어요. 그제야 정신을 차린 고구마 탐정은 기지개를 켜며 능청스

럽게 일어났어요.

공주는 고구마 탐정을 데리고 그림이 전시된 곳으로 갔어요. 거기에는 고대 이집트 신화에 나오는 신들이 그려져 있었어요.

"이 신이 호루스입니다."

"앗, 아까 나타난 유령이잖아요. 그렇다면 호루스가 나타난 건가요?"

고구마 탐정은 너무 놀라 입이 다물어지지 않았어요.

공주는 고개를 끄덕였어요.

고구마 탐정은 턱을 매만지며 추리를 시작했어요. 고구마 탐정의 머리 위로 무럭무럭 김이 올라오며 군고구

마 냄새가 박물관 곳곳으로 퍼져 나갔어요.

"아까 유령은 내 눈동자를 찾아내라고 소리를 질렀어요. 그런데 신화에서는 토트 신이 호루스의 눈을 찾아 주었다고 하지 않았나요? 이미 찾아 준 눈을 호루스는 왜 다시 돌려 달라고 하는 걸까요?"

"그건 호루스가 눈을 모두 찾지 못했기 때문이에요. 조각난 호루스의 눈 가운데 일부가 비어 있어요."

공주는 벽화에 그려진 호루스의 눈에는 사람들이 잘 모르는 비밀이 숨어 있다고 했어요. 그 비밀을 알아내려면 분수를 써야 한다고 했지요.

"고구마 탐정님은 수학을 잘하시니까 분수의 계산도 잘하시겠지요? 분수를 더할 때 왜 분모를 똑같게 해야 하는지 아시나요?"

고구마 탐정은 망설임 없이 대답했어요.

"기준이 다르기 때문입니다. 길이 220센티미터짜리 과자와 무게 3킬로그램짜리 과자를 서로 더할 수 없는 것과 마찬가지이죠."

"기준이 되는 분모가 다르면 서로 더할 수가 없지. 그래서 분수를 더하려면 기준을 똑같이 만들어야 해."

알파독이 끼어들며 설명을 덧붙였어요.

공주는 안내 책자에 그려진 호루스의 눈에 분수를 썼어요.

"세트는 호루스의 눈을 뽑아 여섯 조각을 냈다고 했어요. 여섯 조각은 이렇게 분수로 나뉘어요."

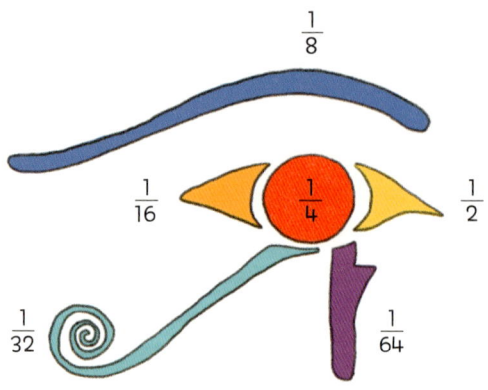

"세트가 조각 낸 호루스의 눈동자는 한 개니까, 전체가 1이겠군요. 그러니 여섯 개의 분수를 모두 더하면 1이 나오겠지요."

고구마 탐정은 여섯 개의 분수를 더했어요.

$$\frac{1}{2} + \frac{1}{4} + \frac{1}{8} + \frac{1}{16} + \frac{1}{32} + \frac{1}{64} = \frac{63}{64}$$

"앗, $\frac{1}{64}$이 부족합니다. 호루스 유령이 아까 내 눈동자를 찾아내라고 소리를 지른 이유를 알겠군요. 눈동자의 남은 부분 $\frac{1}{64}$을 찾아달라고 한 것이었어요."

고구마 탐정은 눈동자의 사라진 $\frac{1}{64}$을 찾으면 호루스의 유령이 나타나지 않을 거라고 추리했어요.

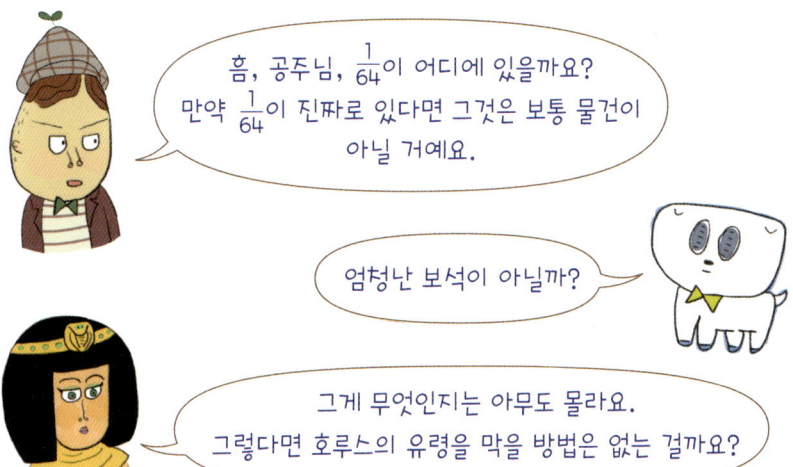

## 크기가 다른 식빵을 더하려면?

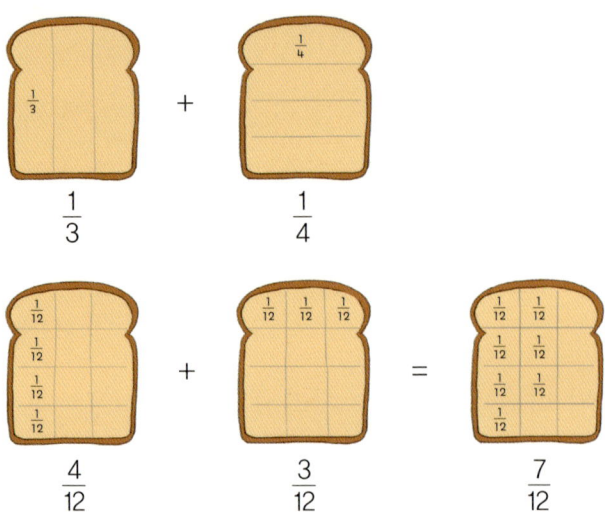

여기 크기가 같은 식빵 두 개가 있어요. 한 식빵의 $\frac{1}{3}$ 과 다른 식빵의 $\frac{1}{4}$ 크기 만큼을 더하려고 해요. 하지만 더할 수가 없어요. 왜냐고요? 식빵 조각의 크기가 다르거든요. 두 식빵을 더하려면 식빵 조각의 크기를 똑같이 만들어야 해요. 이게 바로 분모를 똑같이 만드는 거예요. 분모를 같게 만드는 것을 '통분'이라고 해요. 두 식빵을 통분하면 $\frac{4}{12}$ 와 $\frac{3}{12}$ 이 되고, 이렇게 계산하면 두 식빵을 합친 값인 $\frac{7}{12}$ 을 구할 수 있지요.

고구마 탐정은 물씬물씬 군고구마 냄새를 풍기며 계속 추리를 했어요.

"아까 저 벽화에 새겨진 고대 문자를 해독하셨다고 하셨잖습니까? 《토트의 책》을 가진 자는 세상의 모든 비밀을 알게 되고, 세상에서 가장 강력한 힘을 갖는다는 예언 말입니다. 아까 유령은 자기 눈이 《토트의 책》에 있을 거라고 말했어요. 혹시 책에 잃어버린 호루스의 눈이 있는 장소가 쓰여 있는 게 아닐까요?"

"아! 그렇군요! 우리는 몰라도 지혜의 신 토트라면 알 수 있을 테니까요."

공주는 활짝 웃으며 손뼉을 쳤어요.

그때 고구마 탐정의 눈에 수상한 그림자가 보였어요. 고구마 탐정은 흠칫 놀랐지만, 모른 척하고 공주의 귀에 대고 무언가 속삭였어요. 공주는 고개를 끄덕이고는 얼른 어딘가로 달려갔지요.

1시간 후, 공주는 나이가 아주 많은 이집트 할아버지와 함께 박물관에 돌아왔어요.

"이분은 고대 문자 전문가인 우세르 박사님이에요. 지난번에 못다 한 마지막 문장을 마저 해독하시겠다고 해서 모시고 왔어요."

우세르 박사는 돋보기를 들고 호루스의 눈이 그려진 벽화의 고대 문자를 한 글자씩 해독하기 시작했어요.

지루할 정도로 긴 시간이 지난 후, 우세르 박사는 만세를 외쳤어요.

"마지막 문장의 뜻을 해석했습니다. 《토트의 책》이 어디에 있는지 알아냈어요!"

"드디어 찾았군요! 우리가 인류의 새로운 역사를 쓰게 되었습니다!"

공주는 기뻐서 고구마 탐정의 손을 잡고 이집트 전통 춤을 신나게 췄어요.

"벽화에 새겨진 예언이 맞을지 정말 궁금하네요!"

고구마 탐정과 클레오 공주, 우세르 박사와 알파독은 턱을 매만지며 흥미롭다는 표정을 지었어요.

다음 날, 클레오 공주는 책 한 권을 들고 박물관 안으로 들어왔어요. 먼지가 뽀얗게 쌓인 낡고 오래된 두꺼운 책이었어요.

공주는 《토트의 책》을 호루스의 벽화 앞에 있는 테이블 위에 올려 두었어요.

"고구마 탐정님이 오기로 했는데……."

공주는 손목시계를 보면서 초조한 얼굴로 기다렸어요.

파악.

갑자기 정전이 되면서 박물관은 어둠에 휩싸였어요. 검은색 종이를 발라 놓은 것처럼 캄캄했지요.

쿵, 저벅, 쿵, 저벅.

어김없이 어둠 저편에서 호루스의 유령이 나타났어요.

"내 눈동자를 찾아야 한다! 《토트의 책》이 필요하다! 이 책은 내가 가져가야겠다!"

호루스의 유령이 험악한 목소리로 고함을 내질렀어요.

"꺄아악!"

공주는 혼이 나간 얼굴로 도망쳤어요.

호루스의 유령이 《토트의 책》을 가져가려고 손을 뻗는 순간, 어둠 속에서 누군가 나타났어요. 따오기 머리를 한 고대 이집트 신 토트였어요.

"누구냐? 누가 내 책을 함부로 가져가느냐?"

호루스가 당황했는지 멈칫, 그 자리에 멈추었어요.

토트는 호루스를 쏘아 보았어요. 둘 사이에 팽팽한 긴장감이 흘렀어요.

휙휙, 호루스는 지팡이를 휘두르기 시작했어요.

그러자 토트도 들고 있던 지팡이로 호루스와 대결하기 시작했지요. 박물관에서 고대 이집트 신들의 대결이 펼쳐진 거예요.

"읍, 읍, 푸흡흡."

공주는 애써 웃음을 참았어요. 두 신의 대결이 너무 어설펐던 거지요.

그때 토트가 호루스의 지팡이에 걸려 넘어졌어요. 데구루루, 토트가 쓴 따오기 가면이 벗겨졌어요. 고구마 탐정의 얼굴이 드러났어요.

"항복!"

고구마 탐정이 두 손을 들며 소리쳤어요. 호루스는 가소롭다는 듯이 웃고는 《토트의 책》을 갖고 사라지려고 했어요.

"이봐, 가짜 유령! 《토트의 책》을 펼쳐 봐."

고구마 탐정의 말에 호루스는 책을 펼쳤어요. 그건 만화책이었어요.

"처음부터 《토트의 책》 같은 건 없었어. 고대 문자를 해독한 것도 속임수였어. 모두 내가 공주님이랑 함께 꾸민 작전이었지. 너는 고대 문자를 해독하지 못해서 《토트의 책》이 정말로 있다고 믿은 거야."

고구마 탐정은 어쩔 줄 모르고 당황하는 호루스를 향해 재빨리 지팡이를 내밀어 가면을 벗겼어요.

"자, 이제 정체를 밝혀라!"

복면을 쓴 괴도 팡팡의 얼굴이 드러났어요. 괴도 팡팡은 번개같이 공중제비를 돌며 도망치기 시작했어요.

"거기 서!"

"받아라!"

괴도 팡팡은 괴도 쿠키를 한 움큼 던졌어요.

"도망칠 문은 이미 다 잠갔어. 알파독, 어서 잡아!"

알파독이 달려와서 괴도 팡팡을 물려고 했어요.

펑!

박물관의 한쪽 벽이 폭발했어요.

쿨럭쿨럭, 고구마 탐정이 심하게 기침을 했어요.

잠시 후 뽀얀 먼지가 걷혔어요. 물론 괴도 팡팡은 이미 사라진 후였지요.

"괴도 팡팡, 언젠간 잡고 말겠어."

"어머! 이 쿠키, 정말 맛있네요."

공주는 쿠키를 먹으며 행복한 미소를 지었어요.

도전! 고구마 탐정의 수학 추리 퀴즈
# 괴도 쿠키를 나누어라!

사건 해결!

나눗셈은 분수와 비슷해요.
과자나 피자, 빵을 똑같이 나눌 때 분수가 필요하잖아요.
나눗셈도 분수처럼 똑같이 나누려고 할 때 필요하지요.
그래서 나눗셈을 분수로 만들 수 있어요.

$$\frac{20}{5} = 20 \div 5 = 4$$

즉, 20개를 5명에게 4개씩 나눠 주거나,
4명에게 5개씩 나눠 주라는 뜻이지요.

### 숨은그림찾기
# 똑같이 나누어진 물건을 찾아라!

분수란 똑같이 나누었을 때,
나누어진 부분의 크기를 나타내요.

똑같이 나누었다는 것은 나누어진 부분의
모양과 크기가 같아서 서로 포개었을 때,
완전히 겹치는 것을 말하지.

※ 다음 그림에서 똑같이 나누어진 물건들을 찾아보세요!

숨은그림찾기 — 피자, 샌드위치, 초콜릿

### 탐정이 되기 위해 꼭 알아야 할 수학 원리
# 분모가 다른 식빵 먹기

여기 식빵 한 조각이 있어요. 온전한 식빵의 $\frac{2}{3}$ 만큼 남았지요. 이 조각에서 온전한 식빵의 $\frac{1}{4}$ 만큼만 먹으려고 해요.

$\frac{2}{3}$ 남은 식빵　　$\frac{1}{4}$ 남은 식빵

$\frac{2}{3}$ 남은 식빵에서 $\frac{1}{4}$ 만큼만 먹는다는 것은, $\frac{2}{3}$ 에서 $\frac{1}{4}$ 을 빼는 것과 같아. 하지만 뺄 수가 없지. 왜냐하면, $\frac{2}{3}$ 와 $\frac{1}{4}$ 은 크기가 다르기 때문이야.

이럴 때는 크기를 같게 해 줘야 해요. 크기를 같게 한다는 뜻은 분모를 같게 한다는 뜻이지요. 이렇게 하면 돼요.

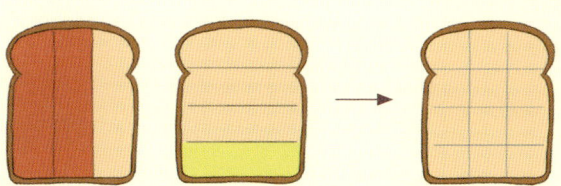

투명 종이로 만들어서 겹쳐 보면 이렇게 만들어져. 사각형의 크기가 같아지지. 이렇게 분모를 통일하는 걸 '통분'이라고 해.

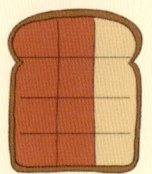 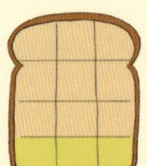

이렇게 보면 $\frac{2}{3}$는 빨간 조각 8개, $\frac{1}{4}$은 노란 조각 3개가 돼요. 빨간 조각과 노란 조각은 크기가 같으니 8개에서 3개를 빼면 되는 거지요.

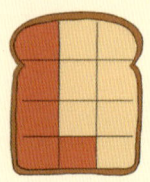

5조각이 남았어. 12조각 중에 5조각이 남았으니 $\frac{5}{12}$이지. 참 쉽지?

통분하는 방법을 정리하면,

$\frac{2}{3} - \frac{1}{4} = \frac{2 \times 4}{3 \times 4} - \frac{1 \times 3}{4 \times 3} = \frac{8}{12} - \frac{3}{12} = \frac{5}{12}$

이렇게 되는 거야.

딸기잼이 어디 있더라?

# 숨은그림찾기 정답

● 53쪽

● 95쪽

● 132쪽

다음 권에서 만나요!

## 고구마 탐정 수학 3 - 피타고라스 절대 악기 도난 사건

**초판 1쇄 발행** 2024년 10월 15일
**초판 2쇄 발행** 2025년 06월 25일

**글** 서지원 **그림** 이승연
**발행처** 주식회사 스푼북 **발행인** 박상희 **총괄** 김남원
**편집** 길유진 박선정 이민주 이지은
**디자인** 정진희 권수아 **마케팅** 박병건 박미소
**출판신고** 2016년 11월 15일 제2017- 000267호
**주소** (03993) 서울시 마포구 월드컵북로6길 88-7 ky21빌딩 2층
**전화** 02- 6357- 0050(편집) 02- 6357- 0051(마케팅)
**팩스** 02- 6357- 0052 **전자우편** book@spoonbook.co.kr

ISBN 979-11-6581-555-4 (73810)

* 저작권법에 의하여 한국 내에서 보호를 받는 저작물이므로 무단 전재와 무단 복제를 금합니다.
* 잘못 만들어진 책은 구입하신 곳에서 바꾸어 드립니다.

| **제품명** 고구마 탐정 수학 3 | **제조자명** 주식회사 스푼북 | **제조국명** 대한민국 | ⚠ 주 의 |
|---|---|---|---|
| **전화번호** 02- 6357- 0050 | | | 아이들이 모서리에 다치지 |
| **주소** (03993) 서울특별시 마포구 월드컵북로6길 88-7 ky21빌딩2층 | | | 않게 주의하세요. |
| **제조년월** 2025년 06월 25일 **사용연령** 10세 이상 | | | |
| ※ KC마크는 이 제품이 공통안전기준에 적합하였음을 의미합니다. | | | |